Vielen Dank…

… an meine liebe Frau Nadine für das Schreiben des Vorwortes und des Epiloges sowie für das Überarbeiten des Buches…

Besuchen Sie auch unsere Homepage:

www.dieselbstversorgerfamilie.com

Julian Haertl

100% Selbstversorgung !?

Unser Weg in die Unabhängigkeit

*Bibliografische Information der Deutschen Nationalbibliothek:
Die Deutsche Nationalbibliothek verzeichnet diese Publikation in
der Deutschen Nationalbibliografie; detaillierte bibliografische
Daten sind im Internet über http://dnb.dnb.de abrufbar.*

© 2017 Julian Haertl

weitere Mitwirkende: Nadine Haertl

Der Inhalt wurde sorgfältig recherchiert, bleibt aber
ohne Gewähr für Richtigkeit und Vollständigkeit.
Nachdruck, auch nur auszugsweise, nur mit schriftlicher
Genehmigung der Autoren. Die Verwendung in anderen Medien oder in Seminaren, Vorträgen etc. ist
verboten.

*Herstellung und Verlag: BoD – Books on Demand,
Norderstedt*

ISBN: 978-3-7431-3892-6

Vorwort: Am Anfang war der Traum

von Nadine Haertl

Wenn mich als Kind jemand fragte, was ich denn später einmal werden wolle, kam meine Antwort prompt: „Ich möchte auf einem Bauernhof wohnen!" Dabei fingen meine Augen an zu glänzen, und es wurde mir ganz warm ums Herz bei dem Gedanken an all die Pferde, Ponies, Hunde, Kaninchen und Babykatzen, die in meiner damaligen Vorstellung die Hauptbevölkerung eines Bauernhofes ausmachten. Überhaupt schien sich bei mir von Anfang an alles nur um Tiere zu drehen: Sicher spielte ich ab und zu mit Puppen, aber mein liebstes Spiel war „Ich bin wohl ein kleines Tier, und Du hast mich im Wald gefunden?!" - Meine arme Mutter kann ein Lied davon singen... Laufen gelernt habe ich übrigens mithilfe unseres Mischlingsrüden Lupo, an dessen Nackenfell ich mich empor zog und dann nicht mehr los lies, während er geduldig mit mir im Haus herumging. Natürlich wollte ich, sobald meine Schritte sicherer und meine Gedanken klarer wurden, eine Katze haben. Mein Vater hatte dazu nur eines zu sagen: „Wenn hier eine Katze ins Haus kommt, dann ziehe ich aus!" Es ist wohl überflüssig zu erwähnen, dass mein Vater Katzen nicht sonderlich sympathisch fand. Also begnügte ich mich damit, die Katzen zu lieben, die ich während unserer Kurzurlaube zu Himmelfahrt auf verschiedenen Bauernhöfen kennenlernte - ebenso wie die jeweiligen Ponies und Kaninchen, Esel und Hunde. Die Zeit, die wir nicht auf Bauernhöfen verbrachten - also die restlichen 361 Tage des Jahres, träumte ich davon, nicht in der Stadt zu wohnen und vor allem davon, ein eigenes Pferd zu haben. Immerhin wohnte meine Oma in Dithmarschen auf dem Land. Dort roch es immer nach guter Landluft, überall standen Pferde auf saftigen grünen Wiesen, und Oma Eva versäumte auch keine Gelegenheit, mir auf verschiedenen Ponyhöfen der Umgebung das Reiten zu ermöglichen.

Während meiner Kindheit musste ich viel Mühe investieren, meine Eltern - vor allem meinen Vater - davon zu überzeugen, dass Haustiere pädagogisch wertvoll und für die Entwicklung kleiner, heranwachsender Mädchen quasi unverzichtbar waren. So hatte ich nacheinander diverse Meerschweinchen und Kaninchen, um die ich mich die meiste Zeit hingebungsvoll kümmerte. Natürlich ging ich auch regelmäßig zum Reiten, aber an ein eigenes Pferd war in unserem Garten in der Stadt natürlich nicht zu denken. Mein Vater tröstete mich regelmäßig mit dem Versprechen "Wenn ich im Lotto gewinne, dann kaufe ich Dir ein Pferd!" - Das machte mir Hoffnung, und ich wartete auf den Lottogewinn. Dass mein Vater überhaupt nicht Lotto spielte, erfuhr ich erst Jahre später.

Als ich etwa 14 war, kauften sich unsere Nachbarn in der Nähe einen kleinen Resthof und dazu einen Esel namens Doris. In diesen Esel verliebte ich mich schon beim ersten Treffen. Ebenso in das verfallene Gehöft: Ohne Wohnhaus lag es dort, scheinbar seit Jahren unangetastet, wild zugewuchert von Giersch und Brennesseln, umrandet von hohen alten Bäumen. Es gab nur eine große offene Scheune, ein kleines Häuschen, das Doris als Offenstall diente, einen alten modrigen Schweinestall und eine winzige Hütte mit zweifelhafter Bestimmung. Ich liebte diesen Ort vom ersten Moment an: Die Abgelegenheit, die Ruhe, das Alte und Verwunschene, den Geruch - eine Mischung aus Gräsern, altem Holz, Heu und Stroh... All das zog mich in seinen Bann, und so verbrachte ich ab nun jede freie Minute in diesem kleinen Paradies mit der Eselin Doris. Die Besitzer hatten zum Glück nichts dagegen. In meiner Fantasie malte ich mir aus, dass ich den Hof später einmal kaufen würde. Ich hatte genaue Vorstellungen, wie ich den Schweinestall zum Wohnhaus ausbauen würde und wo die Pferde stehen würden. Ich sah alles ganz genau vor mir. Wenn mich ab jetzt jemand fragte, was ich denn später einmal werden wolle, so hatte sich meine Antwort gravierend geändert: "Ich will einen Resthof haben!"

Natürlich kam mir erst einmal das Leben in die Quere und erschwerte mir konsequent die Erfüllung meines Traumes, denn natürlich ging ich zur Schule und musste mich jahrelang auf mein Abitur vorbereiten. Nachmittags hatte ich angefangen, im örtlichen Tierheim zu arbeiten, denn mein Vater hatte sich tatsächlich auf eine Diskussion über meinen Wunsch nach einem eigenen Hund eingelassen, nachdem unser alter Lupo mit 16 Jahren in meinen Armen gestorben war. Wenn ich ein Jahr lang regelmäßig im Tierheim helfen würde, dann dürfte ich einen eigenen Hund haben. Ich bin mir nicht ganz sicher, ob mein Vater tatsächlich nur meine Ausdauer auf die Probe stellen wollte, oder ob er darauf vertraute, dass ich schnell die Lust daran verlieren würde. Vielleicht wollte er auch einfach nur Zeit schinden. Oder aber er wollte mir beibringen, dass es sich lohnt, für seine Wünsche zu kämpfen, auch wenn es manchmal eine ganze Weile dauert, bis sie sich erfüllen. Ich jedenfalls fuhr fast jeden Tag mit dem Fahrrad ins Tierheim, ging mit verlassenen Hunden spazieren und streichelte traurige Katzen. Doris besuchte ich weiterhin regelmäßig und fing sogar an, sie zu reiten und mit ihr Kutsche zu fahren. Oder sie mit mir. Die Kreativität eines Esels ist etwas, was die wenigsten Menschen kennenlernen dürfen. Nachdem ich ein Jahr im Tierheim gearbeitet hatte, löste mein Vater sein Versprechen ein, und ich durfte einen eigenen Hund haben. Die Mühe hatte sich gelohnt!

Als ich 16 war, hatte ich in der Zeitung eine Anzeige gelesen, in der jemand nicht weit von uns eine Reitbeteiligung suchte. So kam ich zu dem Hof, an dem ich etwas später auch mein erstes eigenes Pferd kennenlernte. Zuerst war ich aber zufrieden mit meinem Pflegepferd. Als dieses jedoch eines Tages verkauft werden sollte und mein Vater tatsächlich von sich aus in Verhandlung mit der Besitzerin ging, war ich mehr als erstaunt. Die Verhandlung scheiterte jedoch, da die Besitzerin sich nicht auf das Preisangebot meines Vaters einlassen wollte. Nahezu trotzig verkündete er mir daraufhin, dass wir uns dann eben unser eigenes Pferd kaufen würden! Ich traute meinen Ohren nicht. Und so fuhren mein Vater und ich an mehreren Wochenenden hintereinander auf Pferdeschau. Das Schicksal aber hatte mein zukünftiges Pferd bereits zu dem Stall gebracht, wo ich auch das Pflegepferd gehabt hatte. Es war keine Liebe auf den ersten Blick: Eine überaus fette Haflingerdame präsentierte sich mir mit zurückgelegten Ohren. Zum Abschied biss sie mir in den Rücken. Trotzdem war es für mich klar: Das ist mein Pferd. Mein Vater war nicht begeistert, er fand ein anderes Pferd, das wir angesehen hatten, viel besser. Trotzdem kaufte er mir diese unfreundliche Haflingerdame namens Mimmie! Nie werde ich den Tag vergessen. Ich saß am Küchentisch und weinte stundenlang vor Freude und Glück und Dankbarkeit - und ich es konnte es kaum fassen, dass ich nun ein eigenes Pferd hatte. Immer hatte mein Vater zu meinen Pferdewünschen nur eines gesagt: "Dann musst du später mal einen reichen Bauern heiraten!" Woraufhin ich sagte: "Ich will aber reiten und nicht melken!" Natürlich dachte ich dabei an Kühe. Nie würde ich Kühe melken! Ich wollte meinen Resthof und meine Pferde hinter dem Haus. Wie sich das genau umsetzen ließ, war mir nicht klar. Darüber machte ich mir auch, wenn überhaupt, selten Gedanken. Ich gab kleinen Kindern Reitunterricht, um die Stallmiete und den Unterhalt für meine Mimmie zu bestreiten.

Das Abitur rückte näher. Die Frage, was ich denn (nicht später, sondern jetzt!) werden wolle, ertönte inzwischen immer häufiger. Meine Antwort mit dem Resthof konnte nicht mehr gelten, das war mir klar. Was ich aber werden wollte, das wusste ich nicht. Ich wusste ungefähr, wer ich war und was ich wollte, aber mit dem werden wollen tat ich mich schwer. Ich hatte wohl einige vage Ideen, Tierärztin zum Beispiel, aber mein Notendurchschnitt ließ erahnen, dass es Probleme mit dem betreffenden Studium geben könnte. Schließlich waren meine Nachmittage ausgefüllt damit, dass ich mich um meinen Hund und mein Pferd kümmerte, Freunde traf und Reitunterricht gab. Wann hätte ich da noch lernen sollen, um die Schulnoten zu verbessern? Die Prioritäten waren klar: Mein Leben drehte sich um die Tiere. Doktorin würde ich wohl nicht werden.

Da mir der Reitunterricht mit den Kindern viel Spaß machte und ich feststellte, wie positiv der Umgang mit Pferden sich auf meine kleinen Schüler auswirkte, beschloss ich, nach dem Abitur eine Ausbildung zur Hippotherapeutin zu machen. Das erschien mir plausibel. Und so suchte ich nach einem Praktikumsplatz, um nach dem Abi diesbezüglich Erfahrungen zu sammeln. Das Schicksal meinte es gut mit mir, und ich fand einen Praktikumsplatz auf einem der Reiterhöfe in Dithmarschen, auf den mich viele Jahre zuvor meine Oma Eva zum Reiten gebracht hatte. Meine Stute Mimmie würde mich begleiten. Natürlich wusste ich es damals noch nicht, aber die Zeit auf diesem Hof, würde mein Leben verändern und mich meinem Traum vom eigenen Hof Schritt für Schritt näher bringen. Denn hier lernte ich Julian kennen.

Julian machte zu dieser Zeit gerade....

1

....eine Ausbildung zum Tischler und arbeitete auf einer Baustelle auf einem Pferde- und Urlaubs-Bauernhof, als mir dort die hübsche blonde Praktikantin mit ihrem ebenso blonden Pferd auffiel. Es fiel mir schwer, meinen Blick von ihr zu lassen. Und als ich das erste Mal mit Nadine redete, stotterte ich mir irgendeinen Kram zusammen. Es war sonnenklar: Ich war über beide Ohren verliebt, und das beste war, dass ich das Gefühl hatte, dass sie auch ein gewisses Glitzern in den Augen hatte, wenn wir miteinander sprachen. Unser erstes richtiges Gespräch drehte sich darum, dass wir beide Gewitter liebten. Es war ein schwülwarmer Septembertag und wir spekulierten, ob es heute wohl noch gewittern würde. Seit Tagen war ein Gewitter fällig, denn die Luft fühlte sich so dick an, dass man sie in Scheiben hätte schneiden können. Und wie zur Bestätigung unseres Kennenlernens, gab es abends ein starkes Gewitter. Das war wie ein Zeichen! Obwohl wir beide ein Handy hatten, schrieb ich ihr einen altmodischen Liebesbrief. Manche Dinge kommen eben nicht aus der Mode, und sie antwortete prompt. Kurz darauf hatte ich Geburtstag und lud sie natürlich ein. Als sie an diesem Abend zu mir kam, wusste ich, dass wir irgendwann heiraten würden. Wir zogen bald darauf zusammen. Nadine war nach ihrem Abitur noch in der Berufsfindungsphase. Die Tischlerlehre war meine zweite Ausbildung, die erste zum Maler und Lackierer in einer Autowerkstatt hatte ich nach anderthalb Jahren abgebrochen. Mir waren wohl die Lackdämpfe zu Kopf gestiegen. Außerdem hatte ich damals nur Parties im Kopf, und ließ die Zukunft hippiemäßig langsam auf mich zukommen. Eigentlich machte ich - und später auch Nadine - nur eine Ausbildung, weil es nun einmal von uns verlangt wurde. Die Gesellschaft und unsere Erziehung gaben uns, wie allen anderen, unseren Weg vor. Jeder muss eben einer geregelten Arbeit nachkommen, um dann jeden Tag früh aufzustehen, zur Arbeit zu hetzen und abends völlig fertig zu Hause vor dem Fernseher dem nächsten Arbeitstag entgegen zu dämmern. Irgendwie war das noch nie unsere Welt, aber solange wir nicht zufällig zu einem Haufen Geld kämen, müssten wir wohl oder übel in dieses Spiel einsteigen. Nadine hatte die Idee mit der Ausbildung zur Hippotherapeutin verworfen und wollte stattdessen gerne für die Zeitung schreiben. Nach ihrem Praktikum und nachdem sie eine Zeit lang als freie Mitarbeiterin für eine Dithmarscher Tageszeitung geschrieben hatte, bekam sie einen Volontariats-Platz bei einer Sylter Wochenzeitung. Für uns hieß das: Umziehen von Dithmarschen nach Nordfriesland. Ich wollte solange die restlichen anderthalb Jahre Lehrzeit jeden Tag zwischenfahren. Eine Wohnung war schnell gefunden, und Nadines Pferd konnte dort für wenig Geld auf der Koppel neben dem Haus stehen. Bevor wir einziehen konnten, mussten wir erst einmal gründlich renovieren, weil vorher dort offensichtlich Messies gewohnt hatten. Anders konnten wir uns nicht erklären, wieso etwa hundert Müllsäcke mit Hausmüll auf dem Dachboden gelagert waren. Es stank auch dementsprechend, aber zwei Wochen und ein paar hundert Euro später war die Wohnung einzugsbereit.

Wir wohnten nun seit sechs Wochen dort. Unter uns waren noch zwei kleinere Wohnungen in dem Haus untergebracht. Mit dem einen Mieter hatten wir uns sogar ein wenig angefreundet. Allerdings war ich mit meiner Fahrerei zur Lehrstelle und der Lehrstelle selber äußerst unzufrieden. Mir war es wichtiger, dass Nadine gut zur Arbeit kam, da ich meine Ausbildung sowieso nur widerwillig machte. Ich wollte nicht für den Rest meines Lebens an lauten und gefährlichen Maschinen stehen, Fenster, Türen und Treppen bauen, um eines Tages mit krummen Rücken und nur noch acht Fingern aufzuwachen. Außerdem war es mir wirklich wichtiger, dass Nadine ihre Ausbildung zur Journalistin durchziehen konnte. Sie hatte eindeutig das größere Potenzial, allein schon wegen ihres Abiturs. Dann kam der 11. September 2003, ein Datum, von dem wohl jeder weiß, was er damals gemacht hat. Ich hatte mich an dem Tag vormittags von der Arbeit wieder einmal abgemeldet, obwohl mir nichts fehlte. Ich hatte einfach keine Lust mehr dazu, und nun auch noch die drei Stunden Fahrerei dazu. Also entschied ich mich dazu, in Husum nach einem neuen Teppich für unser Schlafzimmer zu gucken. Ich hörte wieder einmal Deutschland Radio auf der Fahrt, als eine Nachricht kam, dass ein Sportflugzeug in die Twintowers geflogen sei. Kurze Zeit später war die Rede von einem Passagier-Flugzeug. Ich dachte mir nur, "was für ein schlimmes Unglück", aber sonst an nichts weiter. Ich ging in den Laden und kaufte einen Teppichrest, denn mehr brauchten wir für das kleine Schlafzimmer nicht. Als ich dann auf der Fahrt nach Hause von einem zweiten Flugzeug und einem weiteren hörte, das in das Verteidigungsministerium geflogen sei, bekam ich sofort einen gewaltigen Schrecken. Kaum zu Hause angekommen, machte ich den Fernseher an und bis in die Nacht auch nicht wieder aus. Keiner wusste genau, was passiert war und schon gar nicht, was nun passieren würde. Ich machte mir große Sorgen. Man konnte deutlich spüren, dass alle Menschen verunsichert waren, und keiner wusste was nun als nächstes kommen würde. Kurze Zeit später wurde der Irak angegriffen. Viele erinnern sich wahrscheinlich auch daran. Auch wir saßen vor dem Fernseher und sahen uns den TV-gerechten Krieg an. Uns wurde gezeigt, wie präzise gesteuerte Raketen und Geschosse abgefeuert wurden, die angeblich natürlich nur Regierungs- und Militärgebäude trafen. Damals haben wir das nicht so durchschaut, obwohl es schon bekannt war, dass es in erster Linie wohl um die Kontrolle des Öls ging. Mittlerweile wurde bekannt, dass in diesem völlig ungerechtfertigten Krieg panzerbrechende Munition eingesetzt wurde. Diese Munition ist mit radioaktiven Stoffen versetzt gewesen, und so leiden heute tausende von Menschen an den Auswirkungen dieser Uran-Munition. Der Wüstenwind verteilt es überall hin, und noch heute werden Menschen und Kinder von diesem strahlenden Vermächtnis krank. Auch viele US-Soldaten wurden krank, bei ihnen nannte man das ganze "Golfkriegsyndrom". Viel mehr Menschen sind erwiesenermaßen an den späteren Auswirkungen gestorben, als im eigentlichem Krieg. Aber das wird erstaunlich gut unter den Teppich gekehrt. Nun sind wir ein Überwachungsstaat geworden, Panik und Angst gehören bei vielen Menschen leider zum Alltag. Ich glaubte langsam daran, dass es irgendwie gewollt sein muss, dass die Medien ständig Angst verbreiteten. Man kann es sich aber sicher bis zu einem gewissen Grad aussuchen, in wie weit man davon betroffen ist. Auf jeden Fall war all das für uns ausschlaggebend. Es hatte uns einen Schrecken eingejagt, und wir wollten gerne einen Hof kaufen, auf dem wir möglichst autark sein könnten.

2

Bevor es aber so weit war, dass wir ein passendes Eigenheim für uns fanden, mussten wir noch einige Abenteuer bestehen. Wir hatten damals zwei Hunde, einer davon war ein Rüde namens Robby, ein schwarzer Schäferhund, der uns seit den ersten Tagen unser Beziehung begleitete, und den wir mit dem Alter von einem Jahr aus dem Tierheim gerettet hatten. Er war ein wirklich furchteinflößender Hund. Das sagten uns zumindest viele unserer Freunde und Verwandten immer wieder, aber für uns war er ein sehr netter freundlicher Hund. Nur andere Hunde konnte er auf den Tod nicht ausstehen, und ich musste ihn mehrere Male in den Schwitzkasten nehmen, um andere Hunde vor dem sicheren Tod zu retten. Unsere Hündin Ronja war das genaue Gegenteil. Sie war ein etwas kleinerer Schäferhundmischling, lammfromm und hörte immer aufs Wort. Ronja hatten wir allerdings auch schon als Welpen bekommen. Sie war uns damals von den Verkäufern in einem dunklen Kellerverschlag präsentiert worden, und wir hatten uns gefragt, wie man Welpen nur so halten kann. In völliger Dunkelheit, auf kleinster Fläche und im eigenen Dreck. Ronja war ein entzückendes Hundemädchen und lebte sich sehr schnell bei uns ein. Sogar Robby schloss sie sofort in sein Herz und beschützte sie vor jedem und allem.

Kurz darauf zog unter uns eine seltsame Frau ein - mit langen gelockten schwarzen Haaren, von denen trotz ihres Alters erstaunlich wenige grau waren. Sie war sehr hager, geradezu abgemagert, und redete irgendwie komisch mit schwerer, schleppender Zunge. Sie musste wohl um die fünfzig Jahre alt gewesen sein, und ich konnte mich meines ersten Eindruckes einfach nicht erwehren. Ich rief Nadine bei der Arbeit an und platzte heraus: „Unter uns ist gerade eine Hexe eingezogen!" Es dauerte nur ein paar Tage, da mussten wir sie schon bitten, gegen ein Uhr Nachts die Musik leiser zu stellen. Aber sie machte sich einen richtigen Spaß daraus und holte uns fast jede Nacht aus dem Schlaf. Nadine musste ja früh aufstehen, um nach Sylt zur Zeitung zu fahren und fand das alles andere als lustig. Sie bat mich, doch mal mit unserer Nachbarin zu reden. Am nächsten Tag hörte ich die Nachbarin im gemeinsamen Flur und sprach sie an: „Margot, ich möchte dich bitten, uns nachts nicht mehr mit lauter Musik aus dem Bett zu holen!" Sie antwortete: „Ich kann da nichts für, das sind die." Nun war ich erstmal sprachlos. Ich fragte vorsichtig: "Wer denn?" Sie bat mich herein, und wir setzten uns an den Küchentisch. Nun erzählte sie mir vom CIA. Ich war völlig perplex, denn sie war sich sicher, der amerikanische Geheimdienst hätte ihr einen Mikrochip in den Kopf eingepflanzt und würde sie nun damit foltern und überwachen. Sie meinte das durchaus ernst. Ich sah mich etwas in ihrer Küche um, und mir fielen doch so einige leere Weinflaschen ins Auge. Ich versuchte zu erschnuppern, ob sie vielleicht betrunken war, aber sie hatte offenbar (noch) nichts getrunken. Ich zeigte mich so verständnisvoll wie möglich, und versuchte nicht, ihr etwas auszureden. Als abends Nadine nach Hause kam, erzählte ich ihr brühwarm die ganze Geschichte, sie konnte es auch nicht glauben, aber uns wurde klar, dass die Frau nicht ganz zurechnungsfähig war und mehr als nur ein Problem hatte.

Und so war es dann auch. In den nächsten Wochen und Monaten wurden wir etliche Male aus dem Bett geholt. Mal hörte Margot Metallicas „Nothing else matters" oder „Die Gedanken sind frei" in einer Lautstärke, dass die Wände wackelten, mal kreischte sie mitten in der Nacht: „Es brennt!", so dass wir senkrecht im Bett standen. Anfänglich gingen wir noch hinunter und versuchten mit ihr zu reden, doch meistens blieb es bei dem Versuch, weil sie gar nicht mehr die Haustür öffnete. Somit gingen wir dazu über gegen ihre Haustür zu klopfen oder nur auf unseren Fußboden zu stampfen. Aber es war vergebens. Irgendwann wurde es so schlimm, dass wir uns nicht mehr anders zu helfen wussten und die Polizei anriefen. Eigentlich sind wir so gar nicht die Leute, die die Polizei rufen, aber da wir keine Nacht mehr in Ruhe schlafen konnten, hörte bei uns der Spaß auf. Danach war es einige Nächte ruhig. Dafür war Margot nun dazu übergegangen, uns wüst zu beschimpfen, wenn sie uns über den Weg lief. Aber das schlimmste sollte erst noch kommen: Ihr Freund Helldorf! Er war sehr groß, so an die zwei Meter, hatte lange blonde Haare und trug eine Nickelbrille. Die ersten Male, die wir ihn trafen, tat er verständnisvoll und aufgeschlossen. Für kurze Zeit dachten wir, es würde jetzt sicher besser werden. Doch kurz darauf wandelte sich Helldorfs Stimmung, und sein Name wurde Programm. Nun ging es richtig rund bei uns. Jeden Abend, wenn Helldorf kam, ging kurze Zeit später unter uns der Streit los. Er und Margot gingen aufeinander los, dass uns angst und bange wurde. Inzwischen wollten wir nur noch weg. Wir wussten nicht, wie lange das noch gut gehen sollte. Wir waren doch nicht hierher in dieses beschauliche Dörfchen gezogen, um solche Missstände mitzuerleben. Wir wollten unsere Ruhe haben! Wir schlossen mit Galgenhumor Wetten ab, ob Margot wohl eines Tages die Bude anzünden würde, ob sie sich gegenseitig umbringen oder ob sie an einer Überdosis Tabletten dahinscheiden würde. Wir fingen also damit an, nach Häusern und alten Höfen Ausschau zu halten, die zum Verkauf standen. Wir redeten natürlich auch mit dem Vermieter, doch dem war das ziemlich egal, er wies uns nur darauf hin, dass die Situation in seinen Augen jedenfalls kein Grund für eine Mietminderung sei. Das sahen wir aber anders, und fingen an, ihm die Miete zu kürzen.

Ich den letzten vier Monaten, die wir dort wohnten, war die Polizei siebzehn mal da, und wir hatten sie oftmals gar nicht angerufen. Eines Abends dachten wir, jetzt würde Helldorf Margot totschlagen. Ich ging mit unserem Schäferhund Robby runter und schmiss Helldorf raus. Daraufhin war Margot erst recht sauer auf uns. Offenbar brauchten die beiden den Krawall wohl.

Die ersten Freunde, die wir in Nordfriesland kennenlernten, waren Maiken und Thomas. Die beiden waren etwas jünger als wir, und wir verstanden uns sehr gut. Sie wohnten im Nachbardorf, und die Mädels ritten oft zusammen mit ihren Pferden aus. Maiken und Thomas wohnten auf einem Hof mit großem Garten, der den Eltern von Maiken gehörte. Und wir grillten oft zusammen, wie auch an diesem Abend. Sie hatten uns eingeladen, und das Gesprächsthema Nummer eins waren mal wieder Margot und Helldorf und deren neuesten Stories. Thomas hatte Hefeweizen-Bier gekauft, Maiken hatte Salat gemacht und wir hatten Grillfleisch mitgebracht. Leider konnte ich das Hefeweizen nicht gut vertragen, und so mussten wir nach dem Grillen bald nach Hause fahren, obwohl wir danach eigentlich noch immer länger zusammensaßen. Im Nachhinein war meine Magenverstimmung unser Glück! Schon von weitem erkannten wir, dass bei unserer Wohnung etwas nicht stimmte. Es qualmte aus der Eingangstür und aus Margots Küchenfenster. Das ganze Haus war voll mit dickem dunklen Qualm. Sofort riefen wir die Feuerwehr, die kurze Zeit später auch eintraf. Wir verabscheuten Margot inzwischen wirklich, aber natürlich mussten wir etwas unternehmen, und wir sagten den Feuerwehrmännern sofort, dass unsere Nachbarin höchst wahrscheinlich noch in der Wohnung sei. Sie gingen mit Sauerstoffflaschen und Masken in die verqualmte Bude. Nach kurzer Zeit kamen sie mit der bewusstlosen Margot wieder raus. Wir hatten ihr das Leben gerettet! Wie sich herausstellte, war sie wieder einmal zu gedröhnt mit Alkohol und Tabletten auf dem Sofa eingeschlafen und hatte eine Pfanne auf dem angeschalteten Herd stehen lassen. Das hätte für alle übel ausgehen können, und wir sahen uns in unseren schlimmsten Ängsten bestätigt.

Tagelang stank es noch in unserer Wohnung nach Rauch. Margot verbrachte eine Woche im Krankenhaus, und es war herrlich ruhig im Haus. Margots Haustür war von der Feuerwehr aufgebrochen worden, und so war dort Woche der offenen Tür. Keiner fühlte sich zuständig, Margots Hab und Gut zu schützen, und der Vermieter lauerte nur darauf, einen Reibach am Versicherungsschaden zu machen. Als Margot aus dem Krankenhaus zurück war, beklagte sie sich erst mal bei uns, warum ihre Tür kaputt sei. Von Dankbarkeit keine Spur, vielleicht war es ja auch ein Selbstmordversuch gewesen? Wahrscheinlich wusste sie aber wieder einmal einfach nicht mehr, was passiert war. Ein paar Tage später stolperten wir über einen Karton mit Fotos, den sie in den gemeinsamen Flur gestellt hatte. Wir schnüffeln normalerweise nicht in anderer Leute Sachen, aber sie hatte uns den Karton ja quasi auf den Präsentierteller gelegt. Und so riskierten wir einen Blick auf die Bilder und staunten nicht schlecht. Margot hatte eine Familie gehabt. Wir sahen Fotos von einem Bauernhof, sie hatte wohl auch Schafe gehabt, und sogar selber Wolle gesponnen und Kleidung gestrickt. Wahrscheinlich war sie früher einmal Selbstversorgerin gewesen. Was war bloß mit ihr passiert?

3

Unser Wunsch nach einem eigenen Hof wurde also immer stärker. Hinzu kam natürlich auch, dass wir mehr Raum für uns haben wollten. Nadine träumte ja ohnehin schon lange von einem Resthof, vor allem, damit ihr Pferd hinterm Haus stehen könnte. Außerdem war es uns ein Dorn im Auge, jeden Monat das Geld für die Miete aus dem Fenster zu schmeißen. Der Lärm und die Unruhe in unserer Mietwohnung feuerten unseren Willen, ein eigenes Heim zu besitzen, weiter an. Und so kam alles zustande. Wir guckten uns stunden-, tage- und wochenlang Häuser und kleine Höfe an. Das machte uns richtig viel Spaß und regte die Fantasie an. Eigentlich hätte es mich lieber irgendwo in die Berge gezogen, aber nun waren wir schon mal hier, und Nordfriesland hat ja auch ein paar nette Ecken. 2003 war eine Hausfinanzierung noch wie ein Spaziergang an einem lauen Sommerabend, und solange man nicht insolvent war, bekam so gut wie jeder einen Immobilienkredit. Bald hatten wir auch einen tollen kleinen Resthof mit nur einem Nachbarhaus und knapp einem Hektar Land gefunden. Aber wie sollten wir das nur anstellen, ihn auch zu kaufen? Kontostand: Null Euro. Kaufpreis: 75 000 Euro. Jetzt war unsere Kreativität gefragt, und ich fing an zusätzlich noch Taxi zu fahren, vor allem nachts, damit für den Hauskauf Geld zusammenkam. Nadine arbeitete zu dieser Zeit noch bei der

Sylter Wochenzeitung, war aber mit ihrem zweijährigen Volontariat fertig. Nun sollte sie angeblich mehr Geld bekommen, doch der Chef war einer von diesen Chefs, die einfach nur gerne Chef sind, sich das aber eigentlich nicht leisten können, weil sie wissen, dass sie pleite sind und nur noch damit beschäftigt sind, das Geschäft irgendwie aufrecht zu erhalten. So war Nadines Gehalt sowieso immer zu spät gekommen, das kannten wir schon. Nun wo sie aber eigentlich mehr verdienen sollte, kam es plötzlich gar nicht mehr. Doch alles kam sowieso anders. Eines Abends in der Vorweihnachtszeit holte ich Nadine wie immer vom Bahnhof ab. Es waren die ersten Nächte mit Nachtfrösten, und an diesem Tag fing es auch an zu frieren. Nadine war gerade aus dem Zug aus- und dann ins Auto eingestiegen, und wir standen vor den Schranken und warteten, dass diese nach dem Ausfahren des Zuges wieder aufgingen. Wir trauten unseren Augen nicht, als plötzlich der entgegenkommende Güterzug vor unseren Augen von den Gleisen abhob. Die Waggons wurden mit heftigem Funkenflug nach rechts und links ins Gleisbett geschleudert. Wir nahmen alles nur mit unseren Augen wahr, in unseren Ohren herrschte Stille. Sofort begriffen wir den Ernst der Lage, drehten um und fuhren zum Bahnhof. Die meisten Leute rannten herum wie kopflose Hühner. Ich setzte einen Notruf ab und guckte, ob jemand auf dem Bahnhof verletzt war. Es war eine gespenstische Situation. Doch in dieser Stille zischte es überall, und wir befürchteten zuerst, der Gaswaggon hinter der Lok sei beschädigt worden. Später stellte sich heraus, dass das Zischen von unzähligen kaputten Bierdosen kam, die aus einem der Waggons geschleudert worden waren. Es war dunkel, die Beleuchtung war von den Waggons abrasiert worden. Die Lokomotive stand weiter hinter auf dem Bahnhof in der Dunkelheit, als ob sie auf ein grünes Signal warten würde, und die zwei Waggons hinter ihr waren nicht entgleist. Die restlichen Waggons waren überall kreuz und quer verteilt. Mir wurde klar, dass die beiden Züge kollidiert sein mussten, denn der Personenzug, in dem eben noch Nadine gesessen hatte, stand etwa einen Kilometer weiter in die entgegengesetzte Richtung. Man sah es nur an den Rücklichtern des Zuges. Ich ging zu Nadine und sagte: „Wir müssen zu dem Zug, die sind sicher zusammengestoßen." Sie guckte kurz in Richtung Personenzug, und ich ging zum Auto und holte den Verbandskasten. Auf dem Weg zum Zug sagte ich zu Nadine: „Sei darauf vorbereitet, eventuell schwer verletzte Menschen zu sehen, oder vielleicht sogar Tote!" Sie nickte stumm. Jetzt sahen wir erst das ganze Ausmaß der Katastrophe: Personenwaggons lagen wie Mikadostäbchen verteilt herum, einige Waggons waren komplett zerstört, einige Seitenwände aufgerissen wie riesige klaffende Wunden, und es war gespenstisch still. Wir riefen: „Hallo ist da jemand? Ist jemand verletzt?" Wir bekamen keine

Antwort und kletterten in den ersten Waggon, was nicht ganz einfach war, denn dieser lag auf der Seite. Wir kamen uns vor wie die Hauptdarsteller in einem Katastrophenfilm.

Ein grauenhaft nervender Piepton klirrte uns in den Ohren, wie eine Alarmanlage: Piep, Piep, Piep. Wir sahen jemanden am Boden liegen. Außer meinem Feuerzeug hatte ich nichts dabei, um mehr sehen zu können. Langsam gewöhnten sich unsere Augen an die Dunkelheit, und wir erkannten, dass es der Schaffner sein musste. Er lag bewusstlos am Boden und war nicht ansprechbar. Ich fühlte den Puls und merkte, dass er atmete. Zum Glück! Wir fragten uns, warum wohl noch kein Rettungsdienst am Unglücksort eingetroffen war, denn es war bestimmt schon eine viertel Stunde her, dass ich den Notruf abgesetzt hatte. Wir zogen unsere Jacken aus und legten sie dem Schaffner über. Wir sprachen mit ihm, aber er antwortete nicht. Nadine hatte ihren dicken Schal vorsichtig unter seinen Kopf geschoben und hielt seine eiskalte, leblose Hand. Erst jetzt bemerkten wir, dass sein Bein gebrochen war. Es war regelrecht durchgebrochen, der Knochen guckte steil heraus wie ein Fremdkörper, und es blutete stark. Ich nahm eine Kompresse aus dem Verbandskasten und legte sie über den offenen Bruch, danach wickelte ich vorsichtig einen Verband darum. Mehr konnten wir für den Moment nicht ausrichten. Inzwischen kamen doch tatsächlich noch andere Menschen und fragten, ob alles OK sei. Ich hatte mich schon gewundert: So viele Leute waren doch am Bahnhof gewesen, und kaum einer war bisher zum Helfen gekommen. Ich machte mich nun auf die Suche nach dem Ursprung des zermürbenden Pieptons. Es dauerte etwas, aber ich fand den Knopf und es war endlich ruhig. Es dauerte weit über eine halbe Stunde, bis der erste Rettungswagen eintraf. Wir riefen die Sanitäter. Das erste, was diese uns zu sagen hatten, war: „Sie können jetzt mal weggehen hier!" Mit so einer unfreundlichen Begrüßung hatten wir nun wirklich nicht gerechnet. Bevor wir aus dem Zug kletterten und den Schaffner in professionellen Händen zurückließen, konnte ich gerade noch verhindern, dass die Sanitäter auf das verletzte Bein trampelten.

Wir waren mittlerweile total durchgefroren, hatten wir doch die ganze Zeit ohne Jacken bei dem Schaffner gewartet, um diesen damit zu wärmen. Ich war außerdem ziemlich empört und vor allem schockiert darüber, dass es so lange gedauert hatte, bis Hilfe kam, und vor allem über die fast bösartige Reaktion der Sanitäter. Nadine sagte fast gar nichts mehr. Sie war kalkweiß im Gesicht und zitterte. Wir gingen zurück zum Auto, und ich rätselte darüber, warum sonst kaum jemand geholfen hatte. Ich war mir sicher, dass der Lokführer wohl sicher erfroren wäre bei diesen frostigen Temperaturen und seinem Zustand, wenn wir nicht geholfen hätten. Zuhause angekommen, brachte Nadine kein Wort mehr heraus. Sie war kreidebleich und eiskalt. Ich legte ihr eine Decke über und schüttelte sie sanft. Langsam kam sie wieder zu sich, und wir unterhielten uns noch bis spät in die Nacht, bis wir uns einigermaßen von dem Schock erholt hatten. Was aus dem verletzten Schaffner geworden ist, haben wir nie erfahren. Die Ursache für das Zugunglück war menschliches Versagen gewesen. Ein Waggon des Güterzuges war nicht richtig gesichert gewesen, und so hatte er sich während seiner Fahrt auf den Gleisen quergestellt. Den entgegen-kommenden Personenzug hatte er dabei von den Gleisen gedrängt und nahezu über die gesamte Länge aufgeschlitzt. Dass nicht mehr Menschen – Nadine inklusive - verletzt worden waren, grenzte an ein Wunder und war nur darauf zurückzuführen, dass die meisten Fahrgäste wenige Minuten zuvor ausgestiegen waren.

Einige Zeit später entschied Nadine, bei der Zeitung zu kündigen, sie wollte nicht nur nicht mehr mit dem Zug fahren, sondern die gesamte Situation bei der Zeitung hatte ihr schon längere Zeit zu schaffen gemacht. 60 Stunden-Wochen, Wochenenddienste und Nachtschichten waren keine Seltenheit gewesen. All das wollte sie, wollten wir nicht mehr. Wir konzentrierten uns nun voll und ganz auf die Finanzierung unseres Hauses und den bevorstehenden Umzug.

4

Wir waren ganz verliebt in den kleinen Hof auf dem Stollberg, den wir bei unserer Suche entdeckt hatten. Es gab nur ein klitzekleines Manko: Die Bundesstraße lief nur etwa dreißig Meter entfernt am Grundstück vorbei. Das war aber kaum zu bemerken - so sagten wir uns -, weil zwischen dem Haus und der Straße rund hundert Tannen standen. Leider war es dadurch recht dunkel im Haus. Also mussten wir uns entscheiden, falls wir das Haus tatsächlich kaufen würden, ob die Straße weniger zu hören und zu sehen sein sollte, oder ob wir gefühlt mitten im Wald sitzen wollten. Unsere Eltern waren teilweise gar nicht so begeistert von unseren Plänen, da sie uns wahrscheinlich mit Mitte und Anfang zwanzig für zu jung hielten, ein eigenes Haus zu kaufen.

Wir kauften das Haus deswegen erst recht, denn wir waren noch nicht wirklich aus dem Rebellenalter heraus, und würden es vielleicht auch niemals sein. Wir waren stolz und froh, endlich ein eigenes Heim zu haben. Wir konnten den Tag des Umzuges kaum erwarten. Endlich war es soweit, alles war unter Dach und Fach, und es konnte losgehen. Die Sachen waren schnell zusammengepackt, das Pferd auf den Anhänger von Maiken und Thomas verladen, und los ging es. Unser erster eigener kleiner Hof war auch nur acht Kilometer von der alten Wohnung entfernt. Nun

waren wir angekommen und fühlten uns großartig. Wir wussten gar nicht, was wir zuerst machen sollten. Tausende von Ideen sprudelten durch unsere Köpfe. Es war Sommer und eine tolle Zeit. Nadines Bruder Dennis und seine Freundin waren die ersten, die uns besuchten. Er war damals siebzehn und seine Freundin etwas jünger. Die beiden halfen uns ein paar Tage bei der Renovierung, obwohl sich einige Hilfe eher als zusätzliche Arbeit herausstellte. So baten wir die Freundin, das Wohnzimmer zu streichen, während wir andere Dinge erledigten. Nachdem sie sich mit Farbe und Pinsel an unseren Wänden ausgetobt hatte, hatten wir allerdings eher das Gefühl, im Titelbild von Hitchcocks „Die Vögel" zu sitzen - und das Ganze auch noch in blau. Wir ließen uns nichts anmerken, lächelten und bedankten uns, und strichen hinterher alles neu. Trotzdem war es ein netter Besuch, und wir hatten alle unseren Spaß.
Wir hatten jetzt sogar mehr Geld zur Verfügung, da die monatliche Kreditrate geringer war als unsere bisherige Miete. Uns war schnell klar, dass als erste Maßnahme, neben den ständigen Renovierungen im Haus, die ganzen Tannen gefällt werden mussten. Angefangen hatten wir erst mal mit ein paar Bäumen, die nur ein paar Meter vom Haus entfernt standen. Dabei bemerkten wir schnell, dass es doch einige Zeit dauern würde, bis alle Tannen gefällt, zersägt, gespalten und schließlich aufgestapelt sein würden. Das meiste Holz wurde klein gesägt, um später daraus Feuer-

holz zu machen. Einen Teil des Holzes, nämlich besonders grade Stämme, wurden auf drei und fünf Meter Länge gesägt, um es später zu Bauholz weiter zu verarbeiten. Die Wurzeln buddelte ich mit einem geliehenen Minibagger aus und häufte diese dann zu einem Wall entlang der Straße auf. Die anstrengendste Arbeit war es allerdings, die Tausenden von Ästen und Zweigen zusammen zu sammeln und auf den Wurzelwall zu befördern. Nadine half natürlich auch mit, und grade am Anfang hatten wir oft Besuch von meiner Schwester oder Nadines Bruder. Das passte natürlich gut, und wir teilten unsere kleineren Geschwister gegen Kost und Logis sofort zu entsprechenden Arbeiten ein. Sie halfen gerne, und wir hatten trotz der vielen Arbeit immer eine Menge Spaß zusammen.

Netterweise half mir auch noch mein Chef und Kumpel Frank, der eine kleine Gartenbaufirma hatte, zwei Tage kostenlos mit. Er hatte wohl grade Leerlauf und etwas Zeit, und somit schenkte er mir seine Arbeitsleistung zum Geburtstag. Frank war ein netter Typ und zwölf Jahre älter als ich. Er war allerdings der Meinung, dass ich handwerklich zwei linke Hände hätte. Er trank gerne etwas zu viel und hatte immer ein paar wilde Geschichten auf Lager. Was wünscht man sich mehr mit Mitte zwanzig als so einen Chefkumpel?

Vier Wochen später war es geschafft: Die Bäume waren gefällt, die Wurzeln ausgebaggert und die Zweige zu einem Wall aufgetürmt. So hatten wir jetzt Licht im Haus, eine riesige freie Fläche im Garten, einen hundert Meter langen, zwei Meter hohen Schutzwall zur Straße und konnten weiter als drei Meter aus dem Fenster gucken. Nur ein paar Tannen standen noch. Wir hatten alle Kapazitäten ausgeschöpft, und wollten das Holz der letzten Tannen verkaufen. Die Tannen die noch übrig waren, waren auch die gefährlichsten. Sie standen dicht an der Straße, und man konnte sie eigentlich nur zu zweit oder zu dritt fällen. Aber leider war gerade keine helfende dritte Hand verfügbar, und wir waren sicher, dass wir es auch zu zweit schaffen würden. So setzte ich mit der Kettensäge die Fallkerbe. Als aber eine plötzliche Windböe den über zehn Meter hohen Baum in die verkehrte Richtung gen Bundesstraße lenkte, stockte uns der Atem, und der Puls ging hoch. Wir hatten den Baum zwar angebunden, aber gegen den Wind konnten wir trotz größter gemeinsamer Anstrengungen nicht anziehen. Wir zogen und zerrten, bis wir schweißgebadet waren. Zum Glück blieb der Baum an einem anderen Baum hängen, bevor er auf die Straße fallen konnte. Nadine stand sicherheitshalber am Straßenrand, um gegebenenfalls Autofahrer zu warnen, falls der der Baum doch noch auf die Straße kippen sollte. Ich sägte nun von unten den Stamm vorsichtig nach und nach ab und fällte dann den anderen Baum der schlimmeres verhindert hatte. Es ging alles gut, aber das wollten wir so schnell nicht noch einmal erleben.

Überhaupt verbrachten wir die meiste Zeit im Freien, von früh bis spät ackerten wir im Garten und konnten uns endlich frei entfalten. Naturverbunden waren wir schon immer gewesen. Wir gehören immerhin noch zu der Generation, die als Kinder nicht mit Computerspielen oder Handyapps konfrontiert waren. Ich war als Kind eigentlich immer, wenn das Wetter es zuließ, draußen gewesen. Wir hatten Fußball gespielt, waren auf Bäume geklettert oder hatten Birkenpilze gesammelt. Das Pilzesammeln hatte ich von meiner Oma gelernt. Auch Angeln stand immer ganz oben auf meiner Liste der Dinge, die ich gerne tat. So traf ich mich im Alter von neun Jahren mit meinem Klassenkameraden Sebastian, um am Wochenende morgens um sechs mit dem Fahrrad mit ihm zum fünf Kilometer entfernten Forellen-Angelsee zu fahren. Das meiste über das Angeln und auch Töten der gefangenen Fische lernte ich von ihm. Aus meiner Familie war sonst niemand angel-begeistert. Sebastian und ich hatten jedenfalls meistens Erfolg und brachten immer ein paar Forellen mit nach Hause. Die Forellen waren köstlich, denn sie hatten weißes Fleisch, wie es Regenbogenforellen eigentlich haben. Der Besitzer des Angelsees züchtete seine Forellen selber. Heute ist es eher üblich, Forellen mit speziellem

Mastfutter, das das Fleisch lachsfarben aussehen lässt, fett zu mästen. Mir schmecken diese Forellen nicht mehr, und gesund sind sie sicher auch nicht. Ich gehe schon lange nicht mehr in solche sogenannten Forellen-Puffs, aber zum angeln Lernen ist es eine gute Sache gewesen. Leider ist es bei vielen Dingen so, dass die Authentizität irgendwann verloren ging. Das heißt aber nicht, dass man sich diese nicht wiederholen kann. Und genau das hatten wir vor. Wir wollten ein authentisches Leben!

Manchmal gibt es diese magischen Tage, die Leidenschaften in einem wecken, von denen man vorher nichts ahnte. Das kann so plötzlich kommen wie ein Gewitter. Und so war es auch an diesem sehr warmen und schwülen Sommertag. Wieder einmal werkelten wir im Garten, als gegen späten Nachmittag plötzlich ein Gewitter aufzog. Alles ging sehr schnell, noch eben grade war es strahlend blauer Himmel, und plötzlich zog eine schwarze Wand auf. Die Wolken drehten sich unheilvoll, und wir liefen schnell hinein und beobachteten das Spektakel vom Wohnzimmerfenster aus. Es war eine düstere, fast bedrohliche Atmosphäre, aber irgendwie auch gemütlich. Wir sahen die Wolken am Himmel rotieren und waren beide vollkommen begeistert von diesem Schauspiel der Natur. Ein Donner jagte den nächsten, und die Blitze schafften Kontraste, wie es nur die Natur kann. Wir gingen davon aus, dass, so wie sich die Wolken bewegten, jederzeit ein Tornado daraus entspringen müsste, doch das passierte an diesem Abend nicht. Es wurde nur unheimlich stürmisch und fing an zu regnen, wie es selten geregnet hatte. Wir beide hatten ja schon seit unserer Kindheit Gewitter geliebt, aber das war der Anfang einer großen Leidenschaft, ohne dass es uns in diesem Moment bewusst gewesen wäre. Ab diesem Tag sehnten wir uns nach jedem neuen Gewitter.

Natürlich war uns damals nicht ganz klar, was es kosten würde, selbst einen kleinen Hof zu sanieren. So hatten wir zwar nicht viel Geld, aber meistens doch genügend Zeit. Wir bauten eine überdimensionale Kräuterspirale, und unseren ersten kleinen Hühnerstall, der mehr oder weniger aus Bauholzresten und gebrauchtem Maschendraht bestand. Also kauften wir uns vier Hühner. Es waren Hühner der 0815-Hybrid-Rasse, die nur auf maximale Legeleistung getrimmt waren. Sie legten zwar fleißig Eier, waren aber sehr asozial zu einander, so das nach und nach ein Huhn hässlicher und kahler wurde als das nächste. Einmal konnten wir beobachten wie ein Spatz versuchte, Hühnerfutter zu klauen, aber ein Huhn übersehen hatte und prompt von diesem angefallen wurde. Der Spatz hatte keine Chance und wurde mit lautem Gezeter eine Runde nach der anderen im Schnabel des Huhnes stolz durch die Gegend getragen. Dann stritten sich alle vier Hühner um den

Spatz. Es dauerte nicht lange, bis von ihm nichts mehr übrig war. Wir hätten nicht gedacht, dass Hühner so aggressiv sein können. Irgendwann kam dann noch ein Hahn dazu, in der Hoffnung, das eine Henne anfangen würde zu brüten. Leider passierte nichts, außer dass der Hahn morgens um fünf Uhr lauthals krähte. Irgendwann bekamen wir eine Glucke, also eine brütende Henne, mit Eiern von einer Bekannten. Diese brütete erfolgreich und schenkte und knappe drei Wochen später acht Küken - was für ein Erfolg. Die älteren Hennen mussten nun geschlachtet werden, da es in dem nicht allzu großen Auslauf langsam eng wurde.

Dazu holten wir uns Hilfe von unserem Freund Thomas, der auf einem Bauernhof aufgewachsen war und sich mit dem Schlachten von Hühnern auskannte. Er übernahm das Betäuben und Köpfen beim ersten Huhn. Danach war ich an der Reihe, mein erstes Huhn zu schlachten. Mir pochte das Herz bis zum Kopf. Hatte ich doch bis jetzt höchstens Fische getötet. Doch eine innere Stimme sagte mir: „Wenn du Fleisch essen willst, musst du auch in der Lage sein, ein Tier zu töten." Mit einem Schlag hinter den Kopf war das Huhn betäubt. Nun legten wir es auf einen Holzklotz und hackten den Kopf mit einer Axt ab. Danach darf man das Huhn auf keinen Fall loslassen, sondern sollte versuchen den Hals von sich weg zu halten, damit man nicht komplett mit

Blut bespritzt wird. Es dauert einige Zeit, bis die Muskeln bemerkt haben, dass das Huhn keinen Kopf mehr hat, und das Gezappel vorbei ist. Wenn man so etwas noch nie gemacht hat, ist es – je nach Gemüt - ein denkwürdiger oder auch leicht schockierender Augenblick. Nadine war auch etwas blass um die Nase geworden, aber schließlich mussten wir aus Platzgründen ein paar Hühner schlachten. Und wir waren gespannt auf unsere erste eigene Hühnermahlzeit. Jetzt mussten wir das Huhn nur noch ausnehmen. Dazu schnitten wir es hinten auf, grade so weit, dass man mit der Hand hineinkommt. Dann wird alles, was sich so in einem Huhn befindet, heraus geräumt, technisch kein Problem, doch Hühnerinnereien stinken ziemlich eigentümlich. Am selben Abend gab es Brathähnchen mit Rotkohl, Kartoffeln und Sauce. Es war unser erstes fünfzig prozentiges Selbstversorgeressen. Wir waren ziemlich stolz, wenn auch noch leicht stigmatisiert vom vorangegangenen Schlachtszenario. Geschmacklich war das Hähnchen allerdings gewöhnungsbedürftig. Wir hatten wir bis dato noch nie ein „echtes" Hähnchen gegessen, nur die Turbomast-Tiere aus dem Supermarkt. Doch so ein Hähnchen aus dem eigenen Garten hat viel dunkleres Fleisch und richtig gelbes Fett. Trotzdem schmeckte es uns sehr gut, nur eben ungewohnt.

5

Eines Nachts war etwas merkwürdiges geschehen. Als Nadine morgens die Hühner füttern wollte, waren diese nicht mehr da! Der Stall war verschlossen, und es gab keine Spuren eines Kampfes. Nicht mal eine einzige Feder fanden wir. Wir konnten uns eigentlich nur vorstellen das jemand unsere Hühner geklaut hatte. Für den Fuchs war es doch mit einem Meter achtzig sehr hoch eingezäunt. Wir konnten uns auch nicht vorstellen, dass der gleich alle Neune mitgenommen hätte. Unsere wilden Spekulationen umfassten die verschiedensten realistischen und unrealistischen Ideen wie die Entführung durch Außerirdische, durch Raubwild wie Marder oder Habicht und endeten bei der Version, dass die Hühner nun einfach beschlossen hatten, in Freiheit zu leben. Bis heute wissen wir nicht, was passiert war. Da wir eine lebhafte Fantasie besitzen, fanden wir die Version mit den Außerirdischen nicht nur am unterhaltsamsten sondern theoretisch auch am plausibelsten, waren doch wirklich keinerlei Spuren von Einbruch oder Flucht im Hühnerstall zu erkennen. Da ich vor kurzem gemeinsam mit meiner Schwester ein vermeintliches Ufo gesichtet hatte, war die Theorie nicht einmal so abwegig. Wir hatten beide ein helles Licht am Nachthimmel gesehen, das sich auffallend schnell bewegt hatte, dahinter plötzlich ein zweites, das auf das erste aufschloss. Dann waren beide Lichter zu einem verschmolzen, und dieses war schnell immer schwächer geworden, so als ob es die Erde mit hoher Geschwindigkeit verlassen hatte. Auch die schnellen ruckartigen Bewegungen der Objekte waren wir von bekannten Flugobjekten nicht gewohnt. So konnten es doch nur ein oder zwei Ufos gewesen sein, mutmaßten wir halb im Spaß. Auf jeden Fall waren wir fasziniert, nahmen uns dabei aber nicht allzu ernst: Also hätten vielleicht doch Außerirdische unsere Hühner geklaut, die wüssten ja sicher auch, was gut war. Und so eine Hühnersuppe bei einem langen Flug durch die Galaxie wäre sicher eine leckere Sache - und beugte Erkältungen vor.

Wir ließen uns durch diesen mysteriösen Vorfall jedenfalls nicht entmutigen und machten weiter. Nach diesem Ereignis rissen wir den Stall ab und bauten einen neuen größeren Auslauf an einer anderen Stelle des Gartens. Im Haus renovierten wir je nach Kapital und Zeit stetig weiter, denn als wir eingezogen waren, war lediglich ein Zimmer bewohnbar gewesen. Nun hatten wir immerhin schon mal eine Küche und ein Wohnzimmer.

Vorsorglich hatten wir viel von dem Holz der gefällten Bäume von einem mobilen Sägewerk zu Bauholz sägen lassen. Nun ging es mit dem Bau des Pferdestalls los. Dieser musste schließlich bis zum Winter fertig werden. Wir hatten ungefähr ein Hektar Land um unser Haus und hatten schon damit begonnen, den alten Schafsdraht abzureißen und alles für die Pferde einzuzäunen. Der Pferdestall bekam vier schöne große Boxen. Wir hatten ja nur ein Pferd, was dementsprechend eine Zeit lang leider alleine bei uns stand und darüber nicht sehr erfreut war. Traurig ließ Mimmie ihren Kopf hängen und wartete auf bessere Zeiten. Die kamen auch relativ schnell, denn glücklicherweise wollte eine Freundin sich gerade ein Pferd kaufen. Und so fuhren Nadine und ihre Freundin Pinkie wochenlang immer wieder los quer durch Schleswig-Holstein, um ein Pferd zu finden, das dann bei uns stehen sollte. Irgendwann hatten sie dann auch eines gefunden, und somit standen jetzt zwei Pferde vor unserer Tür. Pinkie hatte einen weißen Schäferhund namens Murphy, den sie immer mitbrachte. Ronja war zu dieser Zeit läufig und so kam es wie es kommen musste: Plötzlich waren die beiden verschwunden und Ronja wurde tragend.

So ganz ohne Geldverdienen ging es natürlich leider nicht, und so mussten wir uns mit einigen eher schlechter bezahlten Jobs über Wasser halten. Ich arbeitete damals als Helfer im Gartenbaubetrieb meines Kumpels Frank. Außerdem verkaufte ich gebrauchte Computerteile bei Ebay. Nadine hatte einen 400-Euro Job bei einer kleinen Kräutergärtnerei in der Nähe, und so kam es, dass wir bald ein Gewächshaus bauten, indem wir selber Kräuter züchten wollten, um sie als Wurzelstecklinge bei Ebay zu verkaufen. Wir dachten uns, dass es ja eigentlich nicht so schwer sein könne, auch Pflanzen zu züchten, und dass wir sicherlich leicht auf die paar Euro Gewinn kommen könnten, die Nadine jetzt bei der Kräutergärtnerei verdiente. Es passte gerade, weil ich von einem Abriss Bauholz mitgebracht hatte, so mussten wir nur noch die Lichtplatten und ein paar Kleinigkeiten kaufen, und unser erstes eigenes Gewächshaus würde bald Realität werden. Trotzdem machten wir uns weiterhin Gedanken, wie wir unsere Kosten minimieren konnten. So kamen wir natürlich schnell zum Thema Selbstversorgung. Ob es nun Strom, Wärme oder Nahrung war, irgendwie mussten wir die laufenden Kosten reduzieren, denn es war bei weitem nicht nur die Rate an die Bank zu bezahlen. Es flatterten auch immer ungebetene Rechnungen ins Haus. Wir wunderten uns, wie kreativ Menschen sein konnten, wenn es darum ging, anderen das Geld aus der Tasche zu ziehen.

Mit Frank baute ich meist Friesenwälle, immer öfter auch in Dänemark. Meistens fuhr ich sein Auto, das war ihm lieber. Ich vermutete, dass er gar keinen Führerschein mehr hatte. Es war sehr heiß an diesem Tag im Sommer. Ich war mit Franks Freundin Anke, mit der er getrennt lebte, und die uns auch ab und zu mithalf, auf die Baustelle nach Dänemark gefahren. Frank kam etwas später. Er sah nicht besonders gut aus, so fragten wir ihn, was mit ihm sei, und er antwortete: „Ich habe nur zu wenig geschlafen, und mir ist ein bisschen schwindelig". Wir empfahlen ihm, etwas zu essen und vor allem zu trinken, das tat er dann auch, und kurze Zeit später schien es ihm etwas besser zu gehen. Wir waren dabei, einen Friesenwall an einem steilen Hang zu bauen. Die Wallsteine lagen auf der Zufahrt. Frank stieg auf den Steinhaufen, um sich passende Steine auszusuchen. Plötzlich kippte er um und begann wie wild zu zucken. Mir war sofort klar, dass er einen epileptischen Anfall hatte. Anke rief in wilder Panik: „Frank, Frank, was ist? - Er stirbt! Hilf ihm!" Ich war schon bei ihm, um Schlimmeres zu verhindern, indem ich versuchte, ihn irgendwie von den Steinen wegzubekommen. Es gelang mir und somit konnte er sich, immer noch heftig krampfend, nicht mehr an den Steinen verletzten. Ich hatte so etwas schon einmal gesehen und sagte Anke, es sei ein epileptischer Anfall, und sie solle besser einen Krankenwagen rufen. Nach ungefähr drei Minuten wurden die Krämpfe besser, und er war nur noch ohnmächtig. Er blutete am Hinterkopf, und wir wussten nicht, ob er stärker verletzt war. Nach ein paar Minuten kam er langsam wieder zu Bewusstsein. Der Krankenwagen war schon da, und nun kümmerten sich die Rettungsassistenten um ihn. Mir war das ganze sehr unangenehm, und ich war froh, als ich wieder zu Hause war. Irgendwie hatte ich das Gefühl, dass es das letzte Mal gewesen sei, das ich für Frank gearbeitet hatte. Ich wollte so etwas nicht noch mal erleben, und wusste, dass es bei seinem Lebensstil jederzeit wieder passieren konnte. Natürlich erkundigte ich mich noch nach ihm. Er hatte sich selbst schnellstmöglich aus dem dänischen Krankenhaus entlassen und spielte alles herunter, als ob nichts gewesen sei. Lediglich sein Kiefer und Rücken schmerzten, aber dagegen half ja bekanntlich Feuerwasser.

Trotzdem machten wir viel zusammen, er war auch nicht sauer, dass ich ihm nicht mehr auf dem Bau half, dafür gingen wir ab und zu Aale angeln. Frank hatte immer tolle Ideen, so verkaufte ich nun für ihn Tannengrün auf den Wochenmärkten. Außerdem verkauften wir auf unserem Hof im Dezember Weihnachtsbäume für ihn. Woher er die hatte, war mir ein Rätsel, da er auch selten Geld hatte. Er hatte erzählt, er hätte einen eigenen Wald in Dänemark, aber ich glaubte ihm das nicht so wirklich. Nebenbei fuhr ich noch ab und zu Taxi, und wenn er feiern wollte, rief er mich an und ich chauffierte ihn. Wenn er dann fertig war mit dem Feiern, holte ich ihn meist in entsprechendem Zustand und oftmals mit blutiger Nase wieder ab. Das waren auch die letzten Male, die ich ihn gesehen habe. Irgendwann ein paar Jahre später trafen wir auf einem Flohmarkt Bekannte von ihm, die uns erzählten, dass Frank gestorben sei. Als wir fragten, woran er gestorben sei, sagten sie nur, dass er an „dem Üblichen" erkrankt gewesen und daran auch gestorben sei. Es war irgendwie schade um ihn, vor allem, dass er nicht irgendwann die Kurve bekommen hatte, denn schließlich hatte er auch Kinder. Ich hatte jedenfalls sehr viel von ihm gelernt. Ob es nun Pflasterarbeiten, Friesenwallbau oder Betonmischen war, ich war mir sicher, dass es mir noch helfen würde, denn schließlich mussten auch bei uns zu Hause noch solche Arbeiten gemacht werden. Ich war ihm dankbar für das Wissen, das er mir vermittelt hatte, auch wenn er kein ganz einfacher Charakter und wahrhaftig kein normaler Chef gewesen ist.

6

Zwei Jahre zuvor im September, also zwei Jahre, nachdem wir uns kennen gelernt hatten, hatte ich Nadine einen Heiratsantrag gemacht, und sie hatte „ja" gesagt. Ich hatte sogar der Form halber ihren Vater um Erlaubnis gefragt, und er hatte gesagt: „Wenn ihr euch noch etwas Zeit lasst mit den Kindern, habt ihr meinen Segen." Es war einfach ein komplett neues Lebensgefühl. Also planten wir unsere Hochzeit für diesen September, verschickten Einladungen und organisierten das Nötige.

An einem der letzten schönen Sommertage Mitte September feierten wir unsere Hochzeit in unserem Garten. Es war eine tolle und sehr gelungene Feier. Wir hatten als Motto „Wild West" ausgesucht, nicht nur, aber auch, um unsere spartanische Ausstattung zu rechtfertigen. Wir wollten nicht nur möglichst viel Geld übrig behalten für die weiteren Renovierungsarbeiten, sondern auch weil wir das Gefühl hatten, um so pompöser eine Hochzeit oftmals war, desto schneller gingen die Paare anschließend wieder auseinander. Auch, um die Stimmung aufzulockern, war der Country Look unserer Gäste ein gutes Rezept. Das kreativste Geschenk kam damals von Nadines Bruder: Im Kofferraum unserer Trauzeugin Christin fuhren sie mit zwei Zwergziegen vor und zogen natürlich alle Blicke auf sich. Die Überraschung war tatsächlich gelungen, wobei ich sagen muss, dass es uns auch etwas überrumpelte, denn schließlich hatten wir weder einen Stall oder ähnliches für die Ziegen, noch Ahnung von deren Haltung. Für diesen Tag liefen sie erst einmal an langen Laufleinen auf der Pferdekoppel. Bald darauf baute ich ihnen einen Unterstand, aber so richtig glücklich waren sie damit nicht. Überhaupt wurden wir nicht wirklich warm mit den Ziegen – sie waren scheu und auch ein wenig kränklich. Einen rechten Nutzen hatten wir also nicht von ihnen, und wir wollten auch keinen Streichelzoo eröffnen. Es ist bekanntlich nie eine gute Idee, jemandem Tiere zu schenken, wenn er sie sich nicht ausdrücklich gewünscht hat. So beschlossen wir relativ bald, dass es für alle Beteiligten das Beste wäre, wenn die Ziegen wieder ausziehen. Für unsere Hochzeitsfeier waren sie aber allemal eine Bereicherung, und natürlich wussten wir, dass Nadines Bruder es sehr nett gemeint hatte.

Die größte Überraschung zu unserer Hochzeit, bereitete uns aber unsere Hündin Ronja. Den gesamten Tag über hatte sie sich bei all dem Trubel zurückgezogen. Doch in unserer Hochzeitsnacht erblickten acht süße Welpen das Licht der Welt. Natürlich konnten wir nicht anders und behielten einen der Welpen, eine Hündin, sie sollte Mulie heißen. Es gibt nichts Besseres für die Hundeerziehung, als wenn man einen Hund von Klein auf hat. Nun hatten wir also drei Hunde, und da wir wegen unserer Tiere sowieso das ganze Grundstück eingezäunt hatten, brauchten wir die Hunde nur vor die Tür zu lassen. Sie verstanden sich wunderbar und spielten zu dritt im hohen Gras auf unserer Koppel hinter dem Haus. Es war die pure Idylle.

Im Herbst rief mich meine Tante an, ob wir wohl ein Islandpony brauchen könnten, da die Besitzerin nicht mehr in der Lage war, sich um das Pferd zu kümmern. Ich lies mich natürlich breitschlagen, und ein paar Tage später fuhren wir mit einem geliehenen Pferdeanhänger Richtung Hamburg, um Békur abzuholen. Der alte Wallach war ein richtiger Schatz. Leider war er aufgrund von Zahnproblemen und seines schon recht beträchtlichen Alters recht dünn. Aber was soll's, dachten wir, einem geschenkten Gaul, schaut man nicht ins Maul.

In der Vorweihnachtszeit kam ein netter Brief von unserem ehemaligen Vermieter. Dieser wollte plötzlich gerne zweitausend Euro angeblicher Renovierungskosten und die Differenz der Mietminderung von uns erstattet haben. Das war damals der erste dieser Fälle, und bis heute habe ich immer wieder das Gefühl, dass alle nochmal schnell zum Ende des Jahres ihre Bilanzen mit unserem Geld erhöhen wollen. Der Vermieter, der von allen im Dorf auch Puperfotz genannt wurde, und der noch etliche Mitwohnungen mehr in Nordfriesland besaß, erkämpfte vor Gericht schließlich achthundert Euro von uns. Kein Cent davon hätte ihm zugestanden, schließlich hatten wir seine heruntergewirtschaftete Wohnung überhaupt erst wieder bewohnbar gemacht, aber er war in der ganzen Gegend bekannt für diese Masche und ein echter Profi auf diesem Gebiet. Natürlich ärgerten wir uns sehr darüber, schließlich hatten wir weder etwas Unrechtes getan, noch hatten wir Geld zu verschenken.

Der Winter war lang und gerade in Nordfriesland recht trostlos. Wie immer gab es viel Regen, Wind und Sturm. Aber das Schlimmste war dieses ewig trübe Grau. Meistens wurde es nicht einmal richtig hell, und das war doch schon gewöhnungsbedürftig. Der einzige Lichtblick war der nahende Frühling und die ersten lauen Tage ohne Winterjacke. Zum Glück hatten wir ja genug Feuerholz. An den langen dunklen Tagen schmiedeten wir neue Pläne und hatten schon damals das Gefühl, irgendwie vorsorgen zu müssen. Immer mehr kam das Gefühl in uns auf, dass die Welt so wie sie schien, nicht mehr allzu lange bleiben konnte. Ich hoffte, es würde darauf hinauslaufen, dass die Gier der Superreichen ihren Zenit irgendwann erreichen und eine Art stille Revolution eine neue Ordnung schaffen würde.

Weihnachten verbrachten wir immer bei Nadines Eltern in Geesthacht. Darauf freuten wir uns wieder sehr. Dieses Jahr hatten wir allerdings leider noch keine funktionierende Heizung, und ausgerechnet dieser Winter machte seinem Namen bereits im Dezember alle Ehre. Uns so fuhren wir im dichten Schneetreiben Richtung Geesthacht. Wenn man als junger Mensch ein altes Haus renoviert, hat man meistens wenig bis gar kein Geld, und so waren wir froh, dass wir überhaupt ein fahrendes Auto mit bezahlter Versicherung hatten. An Winterreifen war da nicht zu denken. Die Prioritäten wurden von uns damals einfach anders gesetzt, und so wurde die Fahrt mit zunehmender Schneedecke zu einer echten Rutschpartie. Es dauerte somit erheblich länger, bis wir ankamen, aber es war eine schöne, wenn auch etwas abenteuerliche Vorweihnachtstimmung. Wir hatten sowieso immer nur die günstigsten Autos, da es uns einfach nicht so wichtig war, was wir für ein Vehikel fuhren, Hauptsache, es fuhr. Viel wichtiger waren andere Dinge wie die Planung des Gewächshauses und des Wintergartens.

7

Als es Frühling geworden war, wurde auch das Gewächshaus mit knapp zwanzig Quadratmetern bald fertig und die ersten Saaten ausgesät. Einige Wochen später waren bereits die ersten Stecklinge groß genug für den Versand. Wir verschickten sie wurzelnackt in CD-Hüllen. Diese Versandart stellte sich als optimal heraus. Und obwohl man sagen konnte, dass etwa jeder fünfzigste Käufer bei Ebay ein Querulant ist und Ärger macht, ließ sich so doch ein nettes Extrageld erwirtschaften. Das Ganze hatte Potenzial, und wenn wir es darauf ankommen lassen würden, könnten wir sicherlich schnell expandieren. Nur einen Haken hatte das ganze leider: Es war eben nur ein Saisongeschäft.

So nutzten wir also weiterhin jede Gelegenheit, zusätzliches Geld zu verdienen, um es dann sofort wieder in Haus oder Garten zu investieren. Als nächstes kauften wir uns ein paar Laufenten, die unseren Garten von Schnecken befreien und die Stecklinge im Gewächshaus beschützen sollten. Mir war beim Ausbaggern der Baumwurzeln im Jahr zuvor aufgefallen, dass in der hintersten Ecke des Grundstücks der Grundwasserspiegel sehr hoch war, und so baggerte ich kurzerhand in diesem Frühjahr dort einen Teich aus. Den Aushub nutzten wir, um den Wall zur Straße hin noch höher aufzuschütten. Die Enten fühlten sich sehr wohl am Teich. Und so kam uns eine Idee nach der anderen. Leider mussten wir schnell feststellen, dass unsere Laufenten offensichtlich Vegetarier waren, denn sie fraßen leider keine Schnecken. Oder die Schnecken waren einfach in der Überzahl. Einmal warfen wir den Enten eine Nachtschnecke hin, und eine Ente wäre fast daran erstickt. Dann kam mir die Idee, in unseren Teich ein paar Aale zu setzen, und ich kaufte zwanzig kleine Aale bei einem Teich- und Fischhandel in der Nähe und setzte sie in unseren Teich ein. Leider war der nächste Winter sehr streng, und die Aale sind alle gestorben. Tatsächlich hatten sie in der kurzen Zeit aber schon eine passable Größe angenommen, wie ihre leblosen Körper, die nach dem Frost an der Wasseroberfläche trieben, eindrucksvoll zeigten. Der Teich war offensichtlich für die Aale nicht tief genug gewesen, und als bei einem Sturm ein Baum auf das Eis gefallen war, wurden die Aale wohl aus dem Winterschlaf aufgeschreckt. Daraufhin hatten sie erheblich mehr Sauerstoff verbraucht, der unter der Eisschicht nicht unbegrenzt verfügbar war, und waren eingegangen. Das Pilot-Projekt „Selbstversorgung mit Aalen" war vorerst gescheitert.

Ab Mai konnte ich immerhin wieder Aale angeln. Ich wartete die ersten richtig warmen Tage ab, denn sonst würden sie nicht beißen. Am besten war es, wenn es ordentlich schwül war und ein Gewitter aufzog. Dann fuhr ich meist so gegen acht Uhr abends los an den Deich zu einem größeren Gewässer, auch toter Arm genannt, ganz in der Nähe vom Restaurant „Dat swarte Peerd". Dort hatte ich immer die besten Fänge und fuhr deswegen immer wieder dorthin. Aale sind bis heute einer unserer Leibspeisen. Am besten schmecken sie, wenn man sie frisch gefangen, gleich ausnimmt. Das ist manchmal gar nicht so einfach, weil Aale fast unsterblich zu sein scheinen und sich selbst nach dem Einfrieren und Auftauen noch in der Spüle winden und um den Wasserhahn schlängeln können. Wenn man sie mit einem Tuch festhält, geht es leichter. Nach dem Ausnehmen werden sie zwölf Stunden in ein Salzbad mit hundertfünfzig Gramm Salz auf einen Liter Wasser eingelegt. Am besten lässt man sie danach eine Stunde trocknen und hängt sie erst mit einem Haken im Maul zwanzig Minuten bei 40 Grad ohne Rauch in den Räucherofen, erhöht dann die Temperatur auf 90 bis 110 Grad und gart die Aale dreißig Minuten lang. Als nächstes wird die Flamme mit Räucherspänen bedeckt und dreißig Minuten bei nicht mehr als 60 Grad geräuchert. Dann werden die Aale sofort zum Abkühlen rausgehängt. Am besten haben sie uns immer lauwarm mit gebuttertem Brot geschmeckt, und angeblich hilft die Butter das Fett vom Aal besser zu verdauen. Leider sind die Aale in den letzten Jahren immer weniger geworden. Da Aale aber so ein Mysterium für sich sind und keiner so genau weiß, wie sie zu ihren Laich-

Gewässern finden, weiß auch niemand, wie dieser Rückgang zu begründen ist. Immer wieder hörte und las ich Geschichten, in denen Menschen erzählten, dass man früher die Aale mit den Händen hatte fangen können, da es so viele Aale gegeben hatte und man sie mit bloßem Auge hatte sehen können. Das erinnerte mich daran, wie ich als Kind im Urlaub in Dänemark stundenlang durch einen Priel gewatet bin und eine Scholle nach der anderen mit den Füßen gefangen habe. Man musste nur ganz langsam gehen, und wenn es unter dem Fuß zappelte, dann hatte man eine. Dann musste man nur noch die Scholle packen, ohne dass sie einem entwischte. So hatten wir damals einige Schollen gefangen und noch am selben Abend in der Ferienwohnung zubereitet.

In diesem Sommer machten wir das erste Mal Heu von unserer Koppel. Es waren immerhin um die hundert Ballen geworden, aber trotzdem mussten wir wohl im Winter noch Heu und natürlich auch Stroh zukaufen, denn wir hatten inzwischen noch ein drittes Pferd dazubekommen. Das war natürlich irgendwie unvernünftig, aber schon beim Anblick der Anzeige unausweichlich gewesen. Ein Pippi Langstrumpf-Pony wurde da angeboten, dass dringend ein neues Zuhause suchte. Nadine wollte nur mal gucken, aber mir schwante schon Böses, denn dabei würde es sicherlich nicht bleiben Und so war es auch: Der Wallach stand ein bisschen verwahrlost mit schrecklich ungepflegten Hufen auf der Koppel und wirkte ein wenig erbärmlich. Als er uns kommen sah, hob er den Kopf und kam direkt auf Nadine zu getrottet. Das war's! Ich hatte natürlich keine Chance mehr, „nein" zu sagen, aber ich muss zugeben, der arme Kerl war mir auch sofort sympathisch, und dort lassen konnten wir ihn natürlich nicht. So erbaten wir uns eine Woche Zeit und stampften innerhalb von ein paar Tagen den doch recht stattlichen Kaufpreis quasi aus dem Boden, um Kalle bezahlen zu können. Aber so war es schon immer: Wenn wir uns etwas in den Kopf gesetzt hatten, setzten wir es auch um, koste es, was es wolle! Glücklicherweise kamen dann auch noch zwei Einstellpferde hinzu. Außerdem fand Nadine zwei nette Reitbeteiligungen für Kalle und Békur, so dass die Kosten für unsere eigenen Pferde zumindest ansatzweise wieder aufgefangen wurden. Außerdem entstand eine richtig nette Stallgemeinschaft, und aus der anfänglichen Bekanntschaft mit der einen Einstellerin wuchs eine innige Freundschaft heran.

Im Herbst passierte etwas sehr Trauriges: Ich kochte gerade Mittagessen und wollte etwas Feuerholz im Ofen nachlegen. Ich wunderte mich, dass ich auf einmal einen nassen Fuß bekam, und sah, dass ich in einer gelben Pfütze stand. Ronja lag wie immer vor dem Ofen, doch sie atmete nicht mehr. Ich bekam natürlich einen großen Schreck und sagte es sofort Nadine. Wir brachen in Tränen aus. Ronja war grade erst vier Jahre alt geworden. Wir hatten vorher schon bemerkt, dass sie ungewöhnlich ängstlich bei lauten Geräuschen geworden war, und kein heißes Wetter mehr mochte. Natürlich waren wir auch mit ihr beim Tierarzt gewesen, und dieser hatte einen Herzfehler diagnostiziert. Eine Woche später hätten wir einen Termin bei einem Herzspezialisten in Hamburg gehabt. Aber dazu kam es nun nicht mehr, unsere geliebte Ronja war einfach friedlich vor dem Ofen eingeschlafen.

8

Ich nahm im Winter einen neuen Job an, denn Taxifahren war auch nicht mehr so spannend, und somit kam mir etwas Abwechslung ganz gelegen. Ein bisschen dubios kam mir das ganze schon vor, aber ich wollte es zumindest ausprobieren. Ich sollte Winterdienst an den Bahnhöfen in unserem Kreis machen. Ich liebe bis heute den Winter und fand es schon immer toll, mitten in der Nacht im Schneegestöber zu sein. Dann ist alles so friedlich und leise, und man hat das Gefühl, dass einem die Welt ganz alleine gehört. Deswegen habe ich den Job angenommen. Außerdem war er gut bezahlt, und das konnten wir gut gebrauchen. Ich bekam von dem recht netten und sympathischen Chef eine Schneekehrmaschine, und er sagte, dass wir uns zum Stundenabrechnen einmal im Monat treffen. Es dauerte auch nicht lange, bis der erste Schneeräum-Einsatz anstand. Nach ein paar Wochen konnte ich beurteilen, dass wir damit ganz gut über den Winter kommen würden, da ich noch zusätzlich Computerteile bei Ebay verkaufte. Nadine würde dann ab April auch wieder mitverdienen, da dann die ersten Stecklinge verschickt wurden. So schlugen wir uns eigentlich immer ganz gut durch, auch wenn den meisten anderen das wohl zu unsicher gewesen wäre. Für uns war es so in Ordnung, wir konnten uns zwar kein großes Auto leisten, aber hatten immer etwas Geld für Renovierungen und Gartenprojekte übrig. Inzwischen war es auch richtig nett bei uns geworden.

Im Februar 2006 trat ich einen Job als Hausmeister in einem Pflegeheim für Demenzkranke an. Es war zwar ziemlich weit zu fahren, aber ich hatte das Gefühl, der Job wäre es wert. Zweieinhalb Stunden Autofahrt am Tag waren nicht wenig, aber ich nutzte die Zeit, um Hörbücher oder Musik zu hören, wozu mir sonst meistens die Zeit fehlte. Auf jeden Fall konnte ich nach einer Woche sagen, dass der Job mir Spaß machte. Allerdings sollte der alte Hausmeister eigentlich entlassen worden sein, die Chefin hatte es aber wohl nicht über das Herz bringen können. Nun waren wir also zu zweit. Valdur, ein Name den ich vorher noch nie gehört hatte, war über sechzig und ein wenig dicklich. Er war von Anfang an sehr unfreundlich zu mir, was mich aber nicht großartig störte. Er war für die klassischen Hausmeistertätigkeiten zuständig, und ich war eher der Betriebsmaler, denn die Malerarbeiten waren Jahre lang vernachlässigt worden. Valdur sah nicht ein, dass es unter Hausmeistertätigkeiten fiel, auch Zimmer zu streichen, und die Chefin wollte dafür nicht noch einen Maler beauftrage müssen. Also verbrachte ich die ersten Monate mit Malen und Streichen. Ich war froh, als ich dann irgendwann das letzte Zimmer gestrichen hatte.

Es war Ende März und ungewöhnlich warm an diesem Tag. Als ich morgens zur Arbeit fuhr, sah ich überall noch kleine Reste vom Schnee, der diesen Winter, gerade zum Ende hin, doch recht großzügig gefallen war. Anfang März hatten wir bis zu vierzig Zentimeter Schnee gehabt. Grade hinter Wäldern und Knicks auf der Nordseite, wo die Sonne nicht so richtig hinkam, und da, wo der Wind kleine Schneewehen verursacht hatte, lagen noch recht große Schneehaufen. Doch schon mittags war die Zwanzig Grad Marke geknackt, und es wurde immer wärmer. Ich überlegte ernsthaft, ob wir nicht heute Abend angrillen sollten. Nachmittags war es dann schon über fünfundzwanzig Grad warm, und es zeichnete sich ab, dass es sicherlich ein Gewitter geben würde. Ich war schon ganz aufgeregt, da die letzten Gewitter im August des Vorjahres gewesen waren, und ich somit als Gewitterfan schon fast mit Entzugserscheinungen zu kämpfen hatte. Ich rief von der Arbeit sofort Nadine an. Sie hatte schon auf das Regen- und Blitzradar im Internet geschaut und sagte, dass eine Unwetterfront auf uns zukommen würde. Um vier Uhr hatte ich Feierabend und fuhr los. Ich wollte ja nichts verpassen. Eine brauchbare Handykamera hatte ich damals noch nicht, und hoffte somit schnell genug zu Hause zu sein, um eventuelle Tornados mit der digitalen Spiegelreflex-Kamera einfangen zu können. Sturmjäger leben aus zwei Gründen sehr gefährlich, denn zum einen sehen sie ständig zum

Himmel und zum zweiten verlockt es, schneller zu fahren als erlaubt, weil man Angst hat, ein Wetterereignis zu verpassen. Am Himmel waren schon riesige Wolkentürme zu sehen, ich war mir nicht sicher, ob ich nach Hause sollte oder lieber in die Richtung, in der es am dunkelsten aussah. Ohne ein mobiles Radar wusste ich auch nicht, wo ich am besten hätte hinfahren sollen. Als ich endlich zu Hause ankam, zog kurze Zeit später das Gewitter über uns hinweg. Es war heftig, aber nicht spektakulär. Am nächsten Tag hörten wir im Radio, dass es mehrere Tornados gegeben hatte. Einer hatte in Hamburg einen Kran samt Führer umgeschmissen. Der Kranführer hatte das leider nicht überlebt. Ich war natürlich etwas traurig, weil ich in die verkehrte Richtung gefahren war, und die Naturgewalten nicht mit eigenen Augen gesehen hatte.

Selbst bei der Arbeit war das Gewitter und dieser ungewöhnlich heiße Tag, der mit einem Schlag den Winter vertrieben hatte, das Gesprächsthema Nummer eins. Bald hatte Valdur Urlaub, und ich hatte das erste Mal das Gefühl, der Chefhausmeister zu sein. Ich hatte einen eigenen Schreibtisch in der Werkstatt und ein Telefon, das auch regelmäßig klingelte, denn das Pflegepersonal wollte mich jetzt mal ausprobieren. Jeder wollte testen, was ich denn so alles konnte und bereit war zu tun. Bei Valdur wussten sie schon, was sie ihm sagen und ihn fragen konnten, und was nicht.

Mit dem Gehalt und dem Arbeitsklima war ich zufrieden, aber ich freute mich auch auf meinen ersten Urlaub. Als Valdur wieder da war, war er irgendwie netter zu mir. Ich ging beruhigt in den Urlaub. Es war ein ungewohntes Gefühl, zwei Wochen frei zu haben. Vom ersten bis zum letzten Urlaubstag war ich natürlich zu Hause mit vielen Dingen beschäftigt, aber das erste Mal ohne den Gedanken: „Du musst bald mal wieder Geld verdienen." Die Zeit verging wie im Fluge. Als ich wieder im Heim arbeitete, wunderte ich mich etwas, da nun sogar nach und nach richtige Gespräche mit Valdur zustande kamen. Ich glaubte, er wäre wahrscheinlich ganz zufrieden mit meiner Arbeit und hatte das Gefühl, dass ich ihn auch entlastete. Irgendwann erfuhr ich, dass er tatsächlich offiziell nur einen Halbtagsjob hatte, aber freiwillig ganztags arbeitete. Mittlerweile ging er aber öfter früher, und kam manchmal später. Eines Tages kam er gar nicht zur Arbeit. Mir war sofort klar, dass etwas nicht stimmte. Und so war es dann auch, denn Valdur war nach einem Herzinfarkt ins Krankenhaus gekommen. Also war ich die nächsten sechs Wochen wieder der Chefhausmeister. Ich dachte mir nicht allzu viel dabei, denn heutzutage ist ein Herzinfarkt ja fast alltäglich bei älteren Herrschaften. Ich ging davon aus, dass Valdur bald wieder da sein würde.

Als Valdur wiederkam, sah er noch deutlich angeschlagen aus. Ich redete sehr viel mit ihm und stellte fest, dass er eigentlich ein sehr netter Mensch mit guten Ansichten war. Er rauchte nicht und trank, so glaubte ich jedenfalls, nicht übermäßig viel, aber ich wusste, dass das fettige Essen sein Laster war. Als Junge aus der Nachkriegszeit hatte er sicher von klein auf gelernt, dass alles, was gehaltvoll ist, wertvoll und gut sei. Auf jeden Fall überließ er mir ab nun eine gleichberechtigte Position, was bedeutete, dass er sich nicht mehr länger nur die angenehmen Arbeiten heraussuchte und die unangenehm Dinge mir überließ. Ich war in seinen Augen zu einem vollwertigen Hausmeister aufgestiegen und konnte mich nun auch auf Augenhöhe mit ihm unterhalten. Er war müde geworden und versuchte, der Arbeit aus dem Weg zu gehen. Valdur sagte damals immer, er dürfe keine fettigen Sachen mehr essen, aber auf einem Fest, dass wir für das Heim ausrichteten, gab es Spanferkel, und Valdur konnte einfach nicht widerstehen. Kurze Zeit später kam er wieder nicht zur Arbeit. Es hieß er hätte einen weiteren Herzinfarkt gehabt. Dann folgte noch einen Schlaganfall. Das hörte sich nicht gut an, aber wie schlimm es war, wusste keiner so richtig. Es dauerte etwa acht Wochen. Dann kam Valdur wieder zurück, nur diesmal nicht als Mitarbeiter sondern als Bewohner. Er hatte sich nicht wieder erholt, war bettlägerig und könnte nicht mehr sprechen. Ich besuchte ihn natürlich gleich, aber vom altem Valdur war nichts mehr übrig. Ich wusste nicht mal, ob er mich erkannte. Ich wünschte ihm, dass dieser Zustand nicht allzu lange andauern würde. Ich hatte ja vorher mit ihm auch darüber geredet, was wir davon hielten, wenn die Leute so lange künstlich am Leben gehalten werden. Er hatte es auch nicht erstrebenswert gefunden, so vor sich hin zu vegetieren. Dass einer von uns so schnell in diese Situation kommen würde, hätte ich nicht gedacht. Es dauerte lange drei Monate bis das Elend ein Ende hatte.

Einige der Bewohner in dem Heim waren noch recht fit, und so war es immer ein kleines Highlight, wenn Silvester war. Ich kam meistens etwas später, so gegen neun Uhr, und half beim Girlanden aufhängen und bereitete das Feuerwerk vor. Mit ein oder zwei Bewohnern ging ich auch auf die Straße, um ein paar Böller mit ihnen zu zünden. Für sie war es das größte, und mir machte es auch Spaß. Dann, um sechs Uhr abends, zündete ich vor versammelter Belegschaft das Feuerwerk. Allen gefiel es gut, und danach trank ich mit den Pflegern heimlich ein Glas Sekt, bevor es dann nach Hause ging.

9

Es war eine ziemlich sorgenfreie Zeit. Das Geld reiche ganz gut aus, da Nadine auch noch einen Nebenjob hatte, doch irgendetwas fehlte - zumindest mir. Um uns herum bekamen Freundinnen Babies, und ich wollte auch gerne Vater werden. Nadine war davon zuerst nicht sonderlich begeistert, aber irgendwann änderte sie ihre Meinung. Es dauerte ein gutes Jahr, bis wir anfingen, es darauf anzulegen. Bei der Arbeit lief alles wunderbar, nur wurde mir das Fahren nun nach zwei Jahren etwas zu langwierig. Ich schmiedete insgeheim schon Pläne für eine Selbstständigkeit mit einem Hausmeisterservice. Ein halbes Jahr später war Nadine schwanger. Es war ein unbeschreibliches Gefühl voller Vorfreude, aber auch Angst, dass etwas schiefgehen könnte. Es war eine sehr intensive Zeit, die irgendwie sehr langsam verging. Ich sehnte mich nach dem nächsten Ultraschalltermin, um zu sehen, wie groß das Baby war und ob alles in Ordnung war. Und natürlich wollten wir auch wissen, ob wir hellblaue oder rosafarbene Strampelanzüge kaufen mussten. Doch das Baby machte es spannend und verriet uns vorerst nicht, ob es ein Junge oder ein Mädchen war. Der nächste Termin war erst in sechs Wochen, wie sollten wir das nur aushalten? Langsam wurden wir immer aufgeregter, nicht nur wegen des nächsten Termines, sondern auch weil wir bald zu dritt sein würden. Beim nächsten

Arztbesuch hatten wir Gewissheit: Es war ein kleiner Junge! Wir freuten uns natürlich riesig und posaunten es laut in die Welt hinaus, alle sollten es wissen!

Nun gab es natürlich das nächste große Bauprojekt. Der Dachboden musste ausgebaut werden, wir brauchten ja schließlich Platz und ein Zimmer mehr. Es sollten oben drei Zimmer und ein Vollbad entstehen. Wir liehen uns etwas Geld, und ich fing schnellstmöglich mit dem Ausbau an. Jede freie Minute, auch nach Feierabend, verbrachte ich damit, oben voran zu kommen, der Nestbautrieb hatte die volle Kontrolle über mich übernommen. Ich lötete zuerst die Heizungsrohre. Dann fing ich damit an die Wände zu stellen, alles mit Holz und Rigipsplatten, und so sahen wir recht bald Fortschritte. Ich wollte erst mal ein Zimmer frei lassen, weil wir ja vorerst nur unser Schlafzimmer und ein Kinderzimmer brauchten. Ich hatte inzwischen viele verschiedene handwerkliche Tätigkeiten gelernt und mir vieles abgeschaut, somit sparten wir die gesamten Handwerkerkosten, denn ich machte alles alleine. Nadines Bauch wurde immer runder, und es waren noch gut zwei Monate hin bis zum Entbindungstermin. Ich entschloss mich, dafür das damals neu eingeführte Elterngeld zu beanspruchen. Man bekam damals vierzehn Monate sechzig Prozent des Gehaltes vom Vormonat. Das war in meinem Fall nicht viel weniger als das, was wir jetzt auch hatten, denn dafür fielen die Spritkosten weg. Nun musste ich es nur noch meiner Chefin sagen, die davon natürlich nicht so begeistert war, aber sie nahm es so hin. Anfang Februar war es dann so weit, Nadine sagte morgens: „Ich glaube, es geht los!" Doch ich nahm das ziemlich gelassen und machte mich erstmal auf den Weg zur Arbeit. Ich hatte mit meiner Chefin vereinbart, dass ich sofort spontan Urlaub nehmen konnte, sobald es losging. Nach zwanzig Minuten Fahrt, kam mir dann schlagartig der Gedanke, dass Nadine gesagt hatte, dass es losgeht. Und ich fragte mich ernsthaft, wieso ich gerade trotzdem zur Arbeit fuhr. Ich drehte sofort um und fuhr schnell zurück. Nadine war froh, dass ich wieder da war und packte die Tasche für das Krankenhaus. Im Krankenhaus angekommen, bekamen wir erst mal zu hören, es wären nur Senkwehen, und der Termin wäre ja erst in zwei Wochen. Wir sollten besser mal wieder nach Hause fahren und ausgiebig spazieren gehen. Der ärztliche Rat wurde befolgt und so kamen wir am Abend des gleichen Tages wieder, weil die Wehen stärker geworden waren. Die Geburt verlief anders, als wir es uns erhofft hatten, und es dauerte insgesamt sechsunddreißig Stunden, bis Noah endlich da war. Gott sei Dank munter und gesund. Es war ein überwältigendes Gefühl, und irgendwie konnte ich noch gar nicht fassen, dass ich nun Papa war.

Für Nadine war das natürlich alles extrem anstrengend gewesen. Nach der Entbindung war sie in einem kritischen Zustand, konnte sich aber schnell wieder erholen. Nach fünf Tagen kamen sie und Noah nach Hause. Die Hebamme hatte uns schon lange vor der Geburt gewarnt, dass wir uns daran gewöhnen müssten, dass die Tiere nicht mehr so im Vordergrund stehen würden, sondern das Kind. Gerade Nadine hatte darüber nur milde gelächelt, denn für sie waren ihre Tiere bisher ihr ein und alles gewesen. Und auch ich konnte es mir nur schwer vorstellen, dass sich unsere Einstellung so gravierend ändern sollte. Aber die Hebamme sollte recht behalten. Natürlich blieben die Tiere wichtig und wurden nach wie vor gut versorgt, trotzdem war das Leben mit Baby ein völlig anderes. Noah gab jetzt alle Rhythmen vor und bestimmte alle Abläufe, natürlich besonders die von Nadine. Das fiel ihr oft sehr schwer, da sie es ja vorher gewohnt war, unabhängig zu sein und frei über ihre Zeit zu entscheiden. Für unser Pferd Kalle hatten wir nach langer gewissenhafter Suche eine neue Besitzerin gefunden, da es einfach unvernünftig gewesen wäre, ihn weiterhin zu behalten. Seine Hufe waren nach Nadines jahrelanger intensiver Pflege wieder saniert, und wir konnten ihn guten Gewissens an eine nette Familie mit drei reitbegeisterten Söhnen weitergeben.

Der Dachbodenausbau war natürlich noch nicht fertig geworden, so mussten wir alle zusammen mit Beistellbett in unserem alten, dafür viel zu kleinen Schlafzimmer schlafen. Platz für einen Wickeltisch war vorerst auch noch nicht. Die nächsten mindestens dreihundert Nächte waren für alle Betroffenen ziemlich anstrengend. Vor allem für Nadine. Sie ging nachts mehrmals zum Stillen und Wickeln ins Wohnzimmer und war ziemlich erschöpft. Mir kam in den Sinn, dass die Russen im zweiten Weltkrieg eine fiese Foltermethode benutzt hatten: Ein Gefangener wurde immer und immer wieder geweckt, bis er so müde war, dass er alles erzählte, was man von ihm wissen wollte. Dies konnte ich nun recht gut nachvollziehen - und Nadine natürlich umso mehr. Doch ein lächelndes Baby am Morgen entschädigte uns für alles.

Nicht nur Noah wuchs und gedieh, sondern auch unsere Selbstversorger-Gedanken. Inzwischen war der Hühnerstall zum dritten Mal umgezogen, und wir hatten jetzt immer um die zehn Hühner und einen Hahn. In Punkto Ei und Fleisch ging es voran. Ein Gemüsebeet hatten wir inzwischen auch, auf dem wir erste Erfolge mit Erdbeeren und Kartoffeln gehabt hatten. Ich hatte ja nun Elternzeit, und ging oft angeln, so dass zumindest eine Mahlzeit in der Woche frisch geangelt war. Jetzt mit Baby war es uns auf einmal wichtiger als bisher, frisches und gesundes Essen auf dem Tisch zu haben. Obwohl man ehrlich sagen muss, dass wir zu dieser Zeit noch keine Ahnung von gesunder Ernährung hatten. Ich kochte zwar gerne, aber wir aßen einfach, was uns schmeckte - vor allem viel zu viel Fleisch. Nadines Hebamme war die erste, die uns darauf aufmerksam machte, was wir denn so essen. Sie empfahl uns dringend, sämtliche Fertigprodukte von unserem Speiseplan zu streichen, vor allem Geschmacksverstärker, Zucker und Zusatzstoffe wie Aspartam, Zitronensäure und künstliche Aromen zu meiden. Damals wollten wir aber nicht allzu viel davon wissen - und schon gar nichts daran ändern. Immerhin aßen doch alle so, so ungesund konnte es doch wohl nicht sein! Wir waren wohl damals einfach zu bequem, zu eingefahren in unseren Gewohnheiten. Doch irgendwie wir machten uns wohl doch Gedanken und fingen an, mehr zu hinterfragen, was wir so essen. Nadine las einige Bücher über Ernährung, und wir fingen damit an, mehr auf die Inhaltslisten der Lebensmittel zu achten. Wir wollten zukünftig auf Konservierungsmittel und vor allem auf Glutamat verzichten. Da ich meistens einkaufen fuhr, hieß das, zumindest anfangs, die doppelte Zeit einzuplanen und immer schön zu lesen, was hinten draufsteht. Es gibt viele Bezeichnungen für Glutamat, und ich musste nun genau filtern. Nach einiger Zeit wusste ich nun, was wir kaufen konnten und was nicht. Wir hatten das Gefühl, dass es uns ohne die Zusatzstoffe und Glutamat auf jeden Fall besser ging als vorher. Nach einiger Zeit waren sogar ganz deutliche Unterschiede fest zu stellen. So schwitzte ich längst nicht mehr so stark bei der Arbeit, und Nadine hatte seltener Kopfschmerzen. Zukünftig mussten wir am eigenen Leibe erfahren, dass es zu einer Art Entwöhnung kommt, und wenn wir nun irgendwo etwas aßen, in dem Glutamat war, bekamen wir wirklich Probleme. Es musste jedenfalls eine Toilette in der Nähe sein, da es bei uns beiden sofort durchschlagende Wirkung hatte. Wir beschlossen also, keine Ausnahmen mehr zu machen, da diese uns überhaupt nicht mehr bekamen.

10

Noah machte inzwischen seine ersten Schritte und sagte die ersten Worte. Es ist toll zu sehen, wie ein Kind sich entwickelt. Erst wartet man auf alles, und schon ist es Vergangenheit. Meine Elternzeit war vorbei, und ich fuhr wieder zur Arbeit. Allerdings war es nicht mehr das, was es mal war, auch weil die Vertretung, die für mich eingestellt worden war, nun chronische Existenzangst hatte und mich das spüren ließ. Mir wurde schnell klar, dass ich mich mit einem Hausmeister-Service selbstständig machen wollte, und ich arbeitete im Heim nur noch wenige Monate. Danach machte ich einen vom Arbeitsamt gesponserten Unternehmerlehrgang und startete direkt im Anschluss mit meiner Selbstständigkeit. Ich bekam die ersten Monate noch einen kleinen Zuschuss vom Arbeitsamt. Das half in der Anfangszeit wirklich sehr, denn Nadine konnte ja momentan kein Geld verdienen, da sie alle Hände voll damit zu tun hatte, Noah und den Tieren gerecht zu werden. Nach einem halben Jahr hatte ich allerdings schon eine sehr gute Auftragslage, so dass ich ab und zu sogar einen Helfer mitnehmen musste. In der Elternzeit hatte ich unseren ersten wasserführenden Kamin eingebaut, und nun brauchten wir natürlich jede Menge Holz. Deswegen machte ich gezielt Werbung für Baumfällarbeiten. Schnell kamen auch Aufträge zustande, so dass unsere Feuerholzversorgung gesichert war. Das Schöne an einem wasserführenden Ofen ist, dass er das ganze Heizsystem erwärmt und auch das Brauchwasser. Wir sollten die Investitionskosten nach zwei bis drei Jahren wieder drin gehabt haben, das aber auch nur, weil ich die ganzen Handwerksarbeiten selber gemacht hatte, ansonsten hätte es sicherlich länger gedauert. Bis jetzt hatten wir zusätzlich zu einem kleinen normalen Kamin zwar auch noch die Ölheizung als Heizquelle gehabt, waren aber immer zu geizig gewesen, den Heizöltank voll zu machen. Irgendwie waren wir auch nie die Leute, die sechs Sparschweine haben und für alle Eventualitäten etwas auf die hohe Kante legen. So heizten wir meist aus einem zwanzig Liter Kanister, der aber natürlich regelmäßig aufgetankt werden musste. So war der wasserführende Kamin ein großer Fortschritt und machte uns auf einen Schlag unabhängig vom teuren Heizöl. Alles, was uns autarker macht, macht uns bis heute glücklich. Es ist manchmal nur schwer, dem Gewohnten zu entfliehen und dem Wagnis eine Chance zu geben.

Noah war jetzt schon über zwei Jahre alt, und ich nahm ihn schon manchmal mit zum Angeln. Ich musste immer seine Flasche mit Wasser mitnehmen, denn manchmal wollte er sich auf meinem Schoß ausruhen und seiner Pulle nuckeln. Einmal waren wir gerade beim Karpfenangeln, und er nuckelte mal wieder an seiner Flasche. Ich hatte ihn gemütlich auf meine Oberschenkel gelegt. Plötzlich fuhr ein heftiger Ruck in die Angel, sie stürzte zu Boden und wurde in Richtung Wasser gezogen. Ich legte Noah kurzerhand auf den Boden und konnte die Angel noch grade erreichen, bevor sie ganz im Wasser verschwunden wäre. Ich hatte mich richtig erschreckt und machte dabei sicherlich ein Geräusch, dass auch Noah erschreckte. Er schrie lauthals und war völlig entsetzt, dass er auf einmal auf dem Boden lag Und ich kämpfte mit einem Seeungeheuer. Kurze Zeit später war der Fisch vom Haken, und ich wusste sofort Bescheid. Es konnte nur ein Hecht gewesen sein, und so wie der gezogen hatte, ein sehr kapitaler. Die Angelschnur war sauber durchgebissen. Was war passiert? Es musste sich folgendes zugetragen haben: Ein kleiner Fisch hatte wohl den Köder mit Mais genommen und konnte nicht mehr weg, er muss so klein gewesen sein, dass es nicht gereicht hatte, die Glocke an der Rutenspitze zum Klingeln zu bringen. Dann musste der Hecht gekommen sein und sich den kleinen Fisch geschnappt haben. Da ich kein Stahlvorfach zum Karpfenangeln benutzt hatte, hat der Hecht mit seinen scharfen Zähnen einfach die Schur durchgebissen. Mein Herz klopfte noch wie wild vor Aufregung, als ich Noah wieder auf den Schoß nahm, um ihm die Geschichte zu erklären. Seit diesem Tag ist auch Noah leidenschaftlicher Angler!

Es wurde Zeit, das Dach neu zu decken. Als wir eingezogen waren, war das Blechdach schon nicht mehr schön. Wir hatten es zwei Mal gestrichen, aber das half nur kurz. Außerdem hatte ich gebrauchte Veluxfenster beim Dachbodenausbau eingebaut, die leider nicht ganz dicht waren. Nachdem es bei einem Starkregen aus unserer Badezimmerlampe geregnet hatte, war es ganz offensichtlich an der Zeit, ein neues Dach und neue Veluxfenster zu kaufen. Die Selbstständigkeit schmiss gutes Geld ab, und so waren jetzt solche Sachen zu stemmen. Mein Kumpel Thomas hatte sich auch als Zimmermann selbstständig gemacht und half mir. Ich liebäugelte auch mit dem Gedanken, hinterher eine Solaranlage auf das Dach zu bauen, da es zu der Zeit eine gute Förderung dafür gab. Leider gestaltete sich die Dachrenovierung ein wenig schwierig, denn wir hatten den nassesten August seit langem. Es regnete zwar ein paar Mal rein, aber der Schaden hielt sich in Grenzen. Hinterher sah unser Haus natürlich um Klassen besser aus, die ganze Sache hatte sich auch finanziell in Grenzen gehalten.

Der Winter wurde sehr heftig, das kündigte sich schon Ende November an. Wir hatten eine traumhaft kalte Vorweihnachtszeit und weiße Weihnachten. Das erste Mal konnte Noah so richtig im Schnee spielen. Ich hatte einige Verträge mit Leuten, bei denen ich Winterdienst machte. So war auch ein Teil des Einkommens abgedeckt.

Sobald es wieder frostfrei war, wollte ich unsere erste Outdoor-Küche bauen. Doch der Winter verzog sich leider nicht so schnell. Das Projekt machte dann aber richtig Spaß. Ich hatte diverse Restbaumaterialien von meinen Baustellen mitgebracht, und somit blieben auch für dieses Projekt die Kosten im Rahmen. An einer Seite des Nebengebäudes sollte eine ca. vier Meter lange Outdoor-Küche entstehen, wir sagten scherzhaft „Grillmeile": Ein großer Räucherofen, daneben ein Pizza- und Brotbackofen, dann sollte etwas Platz für Ablagen und Feuerholz kommen und dann der Grill. So hatte ich mir das vorgestellt, und nach einiger Zeit auch gebaut. Im kommenden Sommer testeten wir alles ausgiebig und waren sehr zufrieden. Was gab es schöneres, als bei gutem Wetter draußen zu kochen und zu essen? Nur für den Pizzaofen brauchte ich etwas Übung und Erfahrung, damit die Pizza nicht anbrannte oder ewig lange brauchte. Ein Pizzaofen sollte 270 Grad Celsius haben, und die Pizza sollte in vier Minuten fertig sein. Dann hat man eine wunderbare leckere, krosse Pizza wie sie kein Italiener besser machen könnte.

Da unser altes Gemüsebeet zu klein geworden war und außerdem an einer etwas zu schattigen Stelle im Garten war, legten wir kurzerhand ein neues, deutlich größeres an, dazu ein Spargelbeet. Auch das alte Gewächshaus war in die Jahre gekommen, die Lichtplatten waren grün, und die

Bäume, die in der Zwischenzeit natürlich gewachsen waren, warfen zu viel Schatten. Also bauten wir direkt an das neue Gemüsebeet ein neues vierundzwanzig Quadratmeter großes Foliengewächshaus. Uns ging es richtig gut, und so wurde Nadine wieder schwanger. Wieder wurde es spannend. Sollte Noah einen kleinen Bruder oder eine kleine Schwester bekommen? Als wir zum zweiten Ultraschalltermin zur Frauenärztin nach Niebüll fuhren, durfte Noah mit. Er wollte auch mal ins „Babykino". Normalerweise war er vormittags im Waldkindergarten, doch an diesem Vormittag nicht. Er fand es sehr spannend in Mamas Bauch gucken zu dürfen, doch als die Frauenärztin sagte, dass es ein Mädchen würde, brach für ihn eine Welt zusammen. Er fing sofort an zu weinen, denn er hatte sich ja so einen kleinen Bruder gewünscht. Wir taten und sagten alles Elternmögliche, um ihn davon zu überzeugen, dass eine Schwester doch mindestens genau so toll wäre. Und so dauerte es nicht lange, und Noah freute sich auch auf seine kleine Schwester. Der Bauch wurde immer runder, und es konnte nicht mehr lange dauern.

Langeweile hatten wir zwar nicht, aber wir waren inzwischen selbstversorgermäßig so richtig auf den Geschmack gekommen. Immer mehr durchschauten wir, dass die sogenannten Lebensmittel, die man im Laden kaufen konnte, überwiegend nicht das Gelbe vom Ei waren. Und alles im Bioladen zu kaufen, erschien uns doch etwas zu teuer. Wir wollten möglichst viel selber erwirtschaften. Und so kam es, dass wir uns zwei Angelner Sattelschweine zulegten. Wir holten sie einfach mit dem Auto im Kofferraum ab. Trotz Zeitungspapier und Pappkartons, mit denen wir vorher alles sorgfältig ausgelegt hatten, sah der Kofferraum hinterher buchstäblich aus wie Sau, und das Auto stank mindestens zwei Wochen lang. Wir konnten ab jetzt jedem gewissenhaft empfehlen, niemals Ferkel mit ins Auto zu nehmen. Aber die Schweine waren glücklich aus ihrem ehemaligen dunklen Verschlag mit Spaltenböden in einen schönen Stall zu kommen, der dick mit Stroh eingestreut war und einen Auslauf nach draußen hatte. Sie waren sofort in Ihrem Element und wühlten alles durch. Die Schweine wurden schnell groß, was auch am Mastfutter liegen mochte, sie bekamen aber auch viel Obst, Gemüse, Gras und Wildkräuter und im Herbst Pilze, ab und zu sogar mal ein Bier. Heute würden wir nie mehr auf die Idee kommen, unseren Schweinen normales Mastfutter zu geben. Aber damals wussten wir es nicht besser. Irgendwann, nach ungefähr acht Monaten, kam der Tag an dem die Schweine geschlachtet werden sollten. Wir hatten den Schlachter in unmittelbarer Nähe und wollten erst mal ein Schwein hinbringen, da wir auch nicht mehr einlagern konnten. Das Verladen ging problemlos, und das Schwein war auch nicht besonders unruhig auf der zehnminütigen Fahrt.

Beim Schlachter angekommen, ging es auch problemlos vom Anhänger und war sehr interessiert an der neuen Umgebung. Ich kann sagen, es war ein recht stressfreier Transport. Der Schlachter sagte, er habe noch nie ein so zahmes Schwein gesehen. Am nächsten Tag konnte ich das Fleisch abholen. Ich fand es gut, dass es in meiner Gegenwart nach meinen Wünschen zerlegt wurde. Es war das erste Mal, dass das Steak beim Braten nicht schrumpfte, und der Geschmack war einfach grandios, obwohl es sicher noch besser gewesen wäre, das Schwein drei bis vier Tage lang abhängen zu lassen. Wir verkauften etwas von dem Fleisch, um die Schlachtkosten zu decken. Und damit das andere Schwein nicht lange alleine sein musste, kam es zwei Wochen später zum Schlachter, allerdings war das Verladen dieses Mal nicht so leicht. Das Schwein hatte nicht wirklich Lust, über die Verladerampe in den Anhänger zu gehen. Auch Futter half nicht. Vielleicht hatte es kombiniert, dass es keine guten Folgen für es haben würde, auf den Anhänger zu gehen. Immerhin war sein Kumpel danach nicht zurückgekehrt. Man unterschätzt leicht die Kraft, die ein hundertdreißig Kilo Schwein so aufbringt. Und besonders griffig ist so eine Sau auch nicht. Nadine und ich bekamen das Schwein jedenfalls um keinen Preis auf den Anhänger. Also rief ich beim Schlachter an und verlegte den Termin um ein paar Tage. Ich hatte die Idee, zwei kleine Vertiefungen in den Rasen zu graben, damit der Anhänger nicht mehr so hoch war und das Schwein fast ebenerdig in den Anhänger kam. Dann machte ich einen Eingang in das Außengehege, und wir fütterten das Schwein ein paar Tage lang im Anhänger. Erst war es skeptisch, aber nach zwei drei Malen hatte es sich daran gewöhnt. Nun war der Anhänger ein Teil des Außenauslaufs. Und so einfach war dann auch der Transport zum Schlachter. Schwein füttern, Klappe zu, los ging es! Der Geschmack des Fleisches entschädigte für Kosten und Mühen. Vom zweiten Schwein machte ich sogar geräucherten Schinken, Leberwurst, Bratwürstchen und sogar Salami. Bis auf die Salami, die leider nichts geworden ist, war alles sehr lecker. Trotzdem reichte es uns vorerst mit den Schweinen. Wenn man so viel leckeres Fleisch im Haus hat, muss man sich erst mal daran gewöhnen, dieses nicht täglich zu essen, doch das war Neuland für uns, und so legten wir in den nächsten Monaten doch ein paar Kilos zu. Das störte uns aber nicht weiter. Wir waren begeistert, dass wir kaum noch Fleisch kaufen mussten. Trotzdem war dies kein Weg, Geld einzusparen, denn Schweine fressen ungeheure Mengen. Für das nächste Mal müssten wir einen Weg finden, günstig oder gratis an Futter zu kommen. Dann würde sich die Selbstversorgung mit Schweinefleisch wirklich lohnen. Allerdings ist auch das tägliche Ausmisten eine Menge Arbeit. Wenn man aber Schweine artgerecht halten will, muss man sich die Mühe mit der Stroheinstreu schon machen. Auch der Geruch hält sich dadurch in Grenzen. Dabei kommt allerdings eine Menge Mist zusammen. Darüber sollte man sich im Klaren sein.

Bevor wir also neue Schweine anschafften, entschieden wir uns dazu, zwei Ziegenlämmer zu kaufen, denn wir wollten zukünftig Ziegenmilch haben und Ziegenkäse herstellen. Es war insofern kein großer Aufwand, denn wir hatten ja freie Boxen und rüsteten eine für die Ziegen um. Wieder holten wir die Tiere mit dem Auto ab, wieder im Kofferraum. Dieses Mal roch es danach zwei Wochen nach Ziegenpippi, denn so eine Autofahrt muss für Ziegen sehr aufregend sein, und so pullerten sie ordentlich drauf los. Glöckchen und Hörnchen lebten sich schnell ein und machten uns viel Freude.

11

Unser nächster Selbstversorger-Plan waren Galloway Rinder. Inzwischen hatten wir keine Einsteller-Pferde mehr und etwas Gras über. Also fragten wir unseren Bekannten Frerk, der am Deich Bio-Galloways hält und züchtet. Und prompt bekamen wir zwei Wochen später zwei Bullenkälber von ihm. Siebenhundert Euro für beide hielten wir für einen fairen Preis. Sie waren beide schwarz und das Fell war lockig und weich. Olli und Oskar machten sich gut, sie waren weder aggressiv noch waren sie sehr scheu, angenehme Tiere. Nun sollten sie bei uns eineinhalb Jahre groß werden. Wenn man genug Land hat, sind Galloways die idealen Landschaftspfleger. Sie sind relativ anspruchslos und man muss eigentlich nur dafür sorgen, dass sie genug zu fressen und zu trinken haben. Einen Stall brauchen sie nicht unbedingt, doch wenn es eine geschützte überdachte Ecke gibt, nehmen sie die gerne an. Im Winter brauchen sie natürlich Heu oder Silage. Nur an eines sollte man denken: Es sind sehr robuste Rinder, die im wahrsten Sinne des Wortes ein dickes Fell haben. Der Zaun muss einwandfrei und stabil sein, denn mit ihrem dicken Pelz walzen sie schnell einmal durch eine Litze, die nicht genügend Strom führt, und stehen dann im besten Fall auf Nachbars Koppel – im schlimmsten Fall auf der Straße.

Im neuen Folientunnel klappte alles wie am Schnürchen: Jede Menge Paprika, Chillis, Gurken und vieles andere gedieh dort prächtig, so dass wir kaum hinterherkamen, alles zu essen. Auch das Gemüsebeet hatte bereits ordentlich Ertrag abgeworfen. Zu dieser Zeit hatten wir das erste Mal das Gefühl, dass wir auf dem besten Weg zur Selbstversorgung waren. Zu meinem Geburtstag Anfang September hatte ich unsere Freunde Denise und Ben eingeladen. Ich hatte den Pizzaofen vier Stunden lang angefeuert und Pizzateig, Sauce und Beläge vorbereitet. Wir aßen alle leckere Pizza, obwohl Nadine nicht so recht Appetit hatte. Der Geburtstermin war nur noch zwei Wochen entfernt. Gegen zehn Uhr abends sagte sie, dass wir wohl spätestens morgen früh los müssten zum Krankenhaus, da sie leichte Wehen hatte. An den Geburtstag werde ich mich jedenfalls immer gut erinnern, denn Denise und Ben sind dann auch relativ schnell nach Hause gefahren, und wir versuchten etwas zu schlafen. Sehr früh am nächsten Morgen brachten wir Noah zu einer Freundin und fuhren ins Krankenhaus. Es dauerte dieses Mal zum Glück nur vier Stunden, und Mia war auf natürliche Art und Weise auf die Welt gekommen. Ein kleiner Wonneproppen mit schwarzen Haaren. Jetzt waren wir komplett und überglücklich über unsere kleine Mia. Nach drei Tagen konnte ich die beiden schon mit nach Hause nehmen. Auch Noah war sofort verliebt in seine Schwester. Er war zu diesem Zeitpunkt dreieinhalb Jahre alt und sehr stolz, jetzt der große Bruder zu sein. Allerdings war er etwas enttäuscht, dass man mit einem Säugling nicht so richtig viel machen konnte. Ich hatte das letzte Zimmer im Dachgeschoss ausgebaut und so hatten jetzt alle ein eigenes Zimmer. Trotzdem fingen jetzt die schlaflosen Nächte wieder an. Mia war zwar ein recht genügsames Baby, aber trotzdem wollte sie mehrmals in der Nacht trinken und gewickelt werden.

Im Großen und Ganzen lief alles perfekt. Es gab nur ein kleines Problem: „Bämbäm". Das war der kleine unsichtbare Wichtel, den Noah mit sich herumschleppte, und den nur er sehen konnte. Bämbäm war leider etwas bösartig und machte viel Blödsinn. Seine schlimmste Tat aber war, dass er beim Duschen immer heimlich die Silikonfugen aus der Duschwannenfuge kratzte. Das führte leider irgendwann dazu, dass genug Wasser unter die Dusche lief, und dort langsam und im Verborgenen das gesamte Holz der Zwischendecke weggammelte. Nachdem wir das eines Tages eher zufällig entdeckt hatten, weil der Fußboden im Flur plötzlich so seltsam nachgab, mussten wir großzügig alles entfernen - und wieder erneuern. Das war sehr teuer und mehr als ärgerlich, weil die Versicherung natürlich nichts zahlen wollte. Daraufhin erteilten wir Bämbäm einen Platzverweis. Er soll, laut Noah, das letzte Mal bei einem kleinen Jungen in Afrika gesehen worden sein.

Unsere geplante Solaranlage war zwischenzeitlich auch auf das Dach gekommen und lief gut. Es war schon ein gutes Gefühl, einen Großteil unseres Stroms selbst zu produzieren und zu verbrauchen. So sagte ich zu Nadine: „Wäsche waschen bitte nur bei Sonnenschein!" Denn der selbst verbrauchte Strom wurde immer noch am besten vergütet. Trotzdem hatte das Ganze auch noch einen anderen Hintergedanken. Ich machte das auch, um den Wiederverkaufswert des Hauses zu steigern und die Immobilie interessanter zu machen, denn wir guckten uns schon seit einiger Zeit nach etwas Neuem um. Etwas, was nicht an einer Bundesstraße lag, etwas, wo die Kinder mit dem Fahrrad zu ihren Freunden fahren könnten. Ab und zu guckten wir uns Immobilien an, aber es war leider nicht das Richtige dabei. Ich hatte zu der Zeit viel Arbeit und Nadine auch mit unseren beiden kleinen Kindern, Tieren und Hof, aber wir hatten trotzdem immer viel Zeit zusammen. An Urlaub oder ähnliches war damals aber nicht zu denken, allein schon wegen den Tieren. Der alte Islandwallach Békur war eines Tages im Alter von einunddreißig Jahren von uns gegangen. Damit die Haflingerstute nun nicht alleine stehen musste, stellte eine Bekannte Nadine eines ihrer Islandpferde als Beisteller zur Verfügung.

Auch dieser Winter 2011 auf 2012 war wieder ungewöhnlich streng. Ich guckte jeden Tag früh morgens, noch bevor alle anderen aufgewacht waren, im Internet immer schon nach den neuesten Immobilien. Wir suchten etwas in der Nähe, obwohl ich mir auch vorstellen konnte, nach Schweden auszuwandern. Doch dazu würde ich Nadine wohl momentan nicht bewegen können. Auf jeden Fall war es wieder einmal spannend, wie es wohl funktionieren könnte, ein Haus zu verkaufen und zeitgleich ein anderes zu kaufen. Wir mussten uns von einigen Leuten natürlich einiges anhören. „Da sind schon ganz andere mit gescheitert" und „So kann man sich auch in den Ruin treiben!" waren Aussagen, die wir wiederholt zu hören bekamen. Es war ja nun nicht so, dass wir generell beratungsresistent gewesen wären, doch wir mussten ja unseren eigenen Weg gehen, und wenn es eben sein musste, auch unsere eigenen Fehler machen. Doch im Februar, einen Tag nach Noahs 4. Geburtstag, war es endlich soweit. Ich guckte wie immer in den Online-Immobilien-Anzeigen, und da fand ich es: Das Haus in perfekter abgeschiedener Alleinlage mit großem Grundstück ohne Straße in der Nähe. Ich hatte gut drei Jahre, mal mehr, mal weniger intensiv nach Höfen geguckt, doch dieses schien einfach perfekt. Ich war sehr aufgeregt, so dass ich um kurz nach sechs Uhr morgens Nadine aus dem Bett holte und ihr aufgeregt berichtete: „Ich habe unser neues Haus gefunden." Sie war sofort hell wach, und ich erzählte ihr: „Es ist nur wenige Kilometer entfernt, ich habe es zwar erst bei Google Earth gefunden, aber das müsste es sein." Sofort überkam uns wieder unsere Leidenschaft, Häuser anzugucken. Ich machte schnell für alle Frühstück, wir brachten Noah in den Kindergarten, und schon waren Nadine und ich mit Mia unterwegs in Richtung des auserkorenen Resthofes. Er lag in Högel, circa zehn Kilometer von unserem jetzigen Hof entfernt in völliger Alleinlage. Der nächste Nachbar war über hundertfünfzig Meter weg. Der Feldweg zum Haus war noch gefroren, und die Sträucher glitzerten im Licht der aufgehenden Sonne. Es war einer der letzten frostigen Tage. Man konnte sehen, dass hier heute erst höchstens ein Auto gefahren war. Man konnte das Haus schon von weitem sehen. Ein großer Hof, auf den ersten Blick in gutem Zustand. Ich hatte wirklich lange gesucht, um so einen Hof in so einer Lage für das Geld zu finden. Wir waren natürlich sofort völlig begeistert. Nur die Größe machte mir etwas Sorgen, weil ich Baustoffpreise und Arbeitsstunden recht gut einschätzen konnte. Doch etwas Besseres war wohl kaum zu kriegen. Abreißen kann man ja immer, das war aber eigentlich keine Option. Nadine und ich waren so begeistert, dass unser Entschluss sofort feststand, das Haus zu kaufen, noch bevor wir es von innen gesehen hatten. Wir liefen ums Grundstück und begutachteten alles. Wir stellten uns vor, wo wir was machen könnten. Dann erkundeten wir die

Nachbarschaft. Beim übernächsten Haus wurden wir sofort freundlich empfangen, und der Schlüssel zu unserem Haus wurde kurzerhand vom übernächsten Nachbarn organisiert, sodass wir kurze Zeit später das Haus auch von innen begutachten konnten. Es war alles perfekt, es musste einiges gemacht werden, aber der Gesamtzustand war gut. Kurz darauf kam auch schon die Verkäuferin, die die Nachbarn angerufen hatten, und per Handschlag besiegelten wir noch an diesem Tag den Kauf. Dass wir direkt mit der Verkäuferin Kontakt aufgenommen hatten, brachte uns letzten Endes zwar leider nicht darum, die Provision für den Makler bezahlen zu müssen, machte die ganze Abwicklung aber viel persönlicher und angenehmer. Freunde und Verwandte teilten unsere Euphorie weniger, denn sie sagten, wir wären nicht die ersten, die entweder obdachlos werden würden oder, unter der Last von zwei Krediten gleichzeitig, in den Bankrott getrieben werden würden. Aber die Leier kannten wir ja nun schon, und wir fragten uns langsam, ob das ein gut gemeinter Ratschlag sein sollte, oder ob vielleicht etwas Missgunst im Spiel war. Wie auch immer, wir waren nicht zu bremsen.

12

Dann ging das große Zittern los, denn leicht würde es sicher nicht werden. Sofort machten wir Fotos von unserem Haus, formulierten einen liebevollen Anzeigentext und stellten es zum Verkauf ins Internet. Wir kontaktierten den Makler und die Verkäuferin und stellten klar, dass wir den Hof definitiv kaufen würden. Fast täglich war ich mit den Parteien in Kontakt, um zu bekräftigen, dass wir es ernst meinten. Der Kaufpreis war angemessen, sodass wir nicht mehr viel handeln wollten. Wir waren sehr glücklich, dass die Resonanz auf unsere Verkaufsanzeige überwältigend hoch war. Und so dauerte es nur etwa sechs Wochen, bis wir einen verbindlichen Käufer für unser Haus gefunden hatten. Allerdings gestaltete sich die Zeit als wahre Zitterpartie, weil sowohl die neuen Käufer als auch wir reichlich Probleme hatten, eine Finanzierung zu bekommen. Ich als Selbstständiger weit jenseits der hunderttausend Euro Jahresgewinn war für eine Bank spätestens seit der Finanzkrise ein rotes Tuch, und da musste man schon ziemlich hart bleiben und einfallsreich sein, um eine Finanzierung zu bekommen. Auch die Käufer hatten trotz Festanstellung Schwierigkeiten gleich eine Finanzierung zu bekommen. Schließlich klappte es doch, und der Nerventerror war vorbei.

Kurz bevor es losgehen sollte, starb leider Nadines Pferd Mimmie. Sie hatte die Haflingerstute gehabt, seitdem sie sechzehn war und hing sehr an ihr. Natürlich fiel das Ganze auf einen Freitag, so dass kein Abdecker mehr kommen konnte, um das tote Tier abzuholen. Die zurückgebliebene Islandstute gaben wir an die Besitzerin zurück, da wir momentan unmöglich Zeit hatten, um nach einem neuen Pferd zu suchen. Und alleine sollte sie natürlich nicht bei uns bleiben. Nadine war unendlich traurig, und das ganze machte sie ziemlich fertig. Nun fing der Umzug an, und Nadine kam an die Grenzen des machbaren. Sie stillte noch immer Mia und trug den zehn Kilo schweren Wonneproppen den ganzen Tag auf dem Rücken im Tragetuch herum, um überhaupt etwas zu bewerkstelligen. Noah war mit seinen vier Jahren schwieriger zu hüten als ein Sack Flöhe. Die Tiere mussten versorgt, und Koffer und Kisten mussten gepackt werden. Wir sind ja beide keine Superhelden, und ich kam auch an meine Grenzen. Ich hatte sofort, nachdem wir beim Notar unterschrieben hatten, angefangen das neue Haus zu entrümpeln und zu entkernen. Auch dabei half Nadine, mit Mia auf dem Rücken, so gut sie konnte. Sie baute im Stall Boxen für die Ziegen und rammte auf der Koppel mit der Spaltaxt Zaunpfähle in den Boden, an denen sie den Maschendrahtzaun für den Hühnerauslauf befestigte. Und sogar Noah spachtelte schon fleißig alte Tapeten von der Wand und schleppte emsig Dinge nach draußen auf den immer größer werdenden Sperrmüllhaufen. Netterweise hatten wir gleich den Schlüssel von der Verkäuferin bekommen, obwohl die Kaufpreiszahlung noch ein paar Tage dauern würde. Aber sie schien vollstes Vertrauen zu uns zu haben. Wir durften sogar schon zwei Wochen vor der Unterzeichnung beim Notar anfangen, das Gemüsebeet anzulegen. Obwohl es ein seltsames Gefühl war, mit einem Minibagger hundertzwanzig Quadratmeter Gemüsegarten anzulegen, obwohl noch nicht alles unter Dach und Fach war. Aber es war April und höchste Eisenbahn. Das Spargelbeet war uns sehr wichtig. Und sofort bestellte ich online fünfzig Spargelpflanzen, um sie einige Tage später einzupflanzen. Auch drei Anhänger Pferdemist fuhr ich auf das Beet, um den doch recht sandigen Boden zu verbessern, denn Spargel braucht eine Menge Dung, gerade vierzig Zentimeter unter der Oberfläche, wo er eingepflanzt wird, denn von nichts kommt nichts. Auf unserem Spargelbeet beim alten Haus hatten wir die letzten Tage schon gut geerntet. Bis zum Übergabetermin wollten wir noch möglichst viel Spargel ernten, da der neu gepflanzte erst mal noch mindestens zwei Jahre wachsen musste, bis man ihn beernten konnte. Alles, was wir nicht unbedingt mit umziehen wollten, wurde kurzerhand verkauft, verschenkt oder entsorgt. Wir wunderten uns doch, was wir so alles in den neun Jahren an Sachen angesammelt hatten, und das, obwohl Nadine regelmäßig

Sachen, die wir nicht mehr brauchten, auf dem Flohmarkt oder bei Ebay verkaufte. Es war sehr befreiend, viele Dinge einfach auszumisten. Für uns war es wie ein kleiner Befreiungsschlag, denn wir waren und sind einfach nicht die Leute, die sich Sachen hinstellen, die man vielleicht nochmal irgendwann gebrauchen könnte.

Als wir den Schlüssel vom neuen Haus hatten, teilte sich jedenfalls einige Zeit unser Leben. Ich war natürlich dafür zuständig, das neue Haus umzubauen, und Nadine hätte mir sicher gerne mehr geholfen, aber einer musste sich ja um die Kinder und Tiere, um Haushalt und Umzugsvorbereitungen kümmern. Meist fing ich um halb sieben Uhr morgens an und arbeitete dann bis mindestens neun, meist eher halb zehn abends, natürlich mit Pausen. Zu der Zeit habe ich mir fast jeden Abend eine Pizza bestellt, denn wir hatten einen immensen Zeitdruck. Die Käufer unseres Hauses wollten und mussten in sechs Wochen in das Haus, denn zu diesem Termin hatten sie ihre Mietwohnung gekündigt. Bis dahin hatten wir noch einiges an Renovierung vor uns. Wir wollten das neue Haus nicht nur renovieren sondern teilweise auch umbauen. Einige Wände sollten raus, um das Wohnzimmer zu vergrößern. Außerdem sollte die ganze Elektrik und die Heizungsanlage erneuert werden. Wir wollten alles so ökologisch wie möglich sanieren. Die Außenwände sollten alle Wandheizungen bekommen, und Lehmputz sollte überall an die Wände. Die Decken und Böden sollten mit Holzdielen und Parkett verkleidet werden. Eine neue Küche ließ ich von einer Küchenfirma einbauen, denn wieder eine Küche selber zu bauen, das hätte ich zeitlich nicht auch noch geschafft. Eine Wand im späteren Arbeitszimmer sollte entstehen, hinter der anschließend die Treppe nach oben gebaut werden sollte. Denn auch hier wollten wir irgendwann den Dachboden ausbauen, zumindest den Teil über dem Wohnhaus. Das und viele andere Dinge mussten auch noch gemacht werden. Ganz ohne Hilfe konnte ich das aber nicht bewerkstelligen. Mein Neffe half ein paar Tage, und mein Freund aus Kinderzeiten, Jonas, den ich schon ewig nicht mehr gesehen hatte, half uns ebenfalls zwei Tage. Auch mein Freund Ben half mir bei der Elektroinstallation und besorgte fast das gesamte Material dafür, da er in einem Elektrogroßhandel arbeitete. Den Zählerschrank und das Auflegen der Kabel übernahm natürlich ein Elektriker. Auch unser guter Bekannter Micha, der sich gerade mit einer Ökosanierungs-Firma selbstständig gemacht hatte, half mir beim Lehmputz. Micha und Linda waren die Eltern von einem der Kinder, mit dem Noah zusammen in den Waldkindergarten ging. Seit längerem trafen wir uns, und sprachen unter anderem viel über Ernährung. Von ihnen hatten wir vor längerer Zeit einige Tipps angenommen, so zum Beispiel auch, möglichst alles in Bioqualität einzukaufen. Wir konnten ihnen dafür viel über die Anlage von Gemüsebeeten erklären, und so hatten wir uns immer viel zu erzählen, während die Kinder zusammen spielten.

Im neuen wie im alten Haus wurde also wochenlang von früh bis spät nur geackert. Am Tag des Umzuges war ich ziemlich kaputt, aber doch erleichtert, dass alles soweit in Ordnung war. Natürlich war ich nicht ganz fertig geworden. So mussten noch alle Wände gestrichen werden, und der wasserführende Kamin war auch noch nicht eingebaut. Leider war es auch sehr kühl und nass in diesem Sommer, und die Lehmwände wollten ohne funktionierende Heizung nicht so richtig trocknen. Also dauerte es noch einige Zeit bis alle Wände einigermaßen trocken und weiß gestrichen waren. Dementsprechend hausten wir die ersten Wochen auf einer Baustelle und lebten aus Kartons, denn die meisten Dinge und Möbel lagerten noch im Stall, weil wir sie aufgrund der feuchten Wände noch nicht aufstellen wollten. Trotzdem hatten wir viel Spaß, und wir waren froh und glücklich, dass unser doch recht waghalsiger Plan so gut geklappt hatte. Natürlich würde es noch einige Zeit dauern, bis alles annähernd fertig sein würde.

Zum Beispiel hatten wir im Moment nur einen kleinen Durchlauferhitzer für das Warmwasser, und dieses wurde nicht richtig heiß. Also musste ich als nächstes die Solarthermie-Anlage auf dem Dach installieren. Wir wollten ja schnellstmöglich wieder so unabhängig wie möglich sein und so viel wie möglich selber produzieren. Es wurde allein aus ideologischer Sicht immer wichtiger für uns, uns möglichst umfassend selbst zu versorgen. Leider zog die Solaranlageninstallation einen großen Rattenschwanz nach sich, da der Raum in dem der Warmwasserspeicher stehen sollte, zugemauert war, weil dort noch die alten Heizöltanks standen. So musste ich erstmal ein türgroßes Loch in die Wand machen, um dann festzustellen, dass die Tanks noch mindestens jeweils fünfhundert Liter Heizöl enthielten. Nun musste ich mir wiederum eine Pumpe besorgen, mit der ich das Öl des einen Tanks in den anderen pumpen konnte. Dann erst konnte ich den ersten leeren Tank herausholen, das Öl des anderen Tanks wieder in den Leeren umpumpen, und hatte somit endlich beide Tanks aus dem Raum. Nun konnte ich endlich den Warmwasserspeicher einbauen!

13

Nun stand also der eine Tank mit ungefähr tausend Litern Heizöl im Stall und stank vor sich hin. Ich fragte ein bisschen herum und fand jemanden, der bereit war, das Öl abzupumpen und mitzunehmen. Zu den Zeiten war Heizöl gerade sehr teuer, und wir bekamen dafür noch fünfhundert Euro. Die konnten wir auf unserer Dauerbaustelle natürlich gut gebrauchen. Kurze Zeit später lief die Solaranlage, und so hatten wir auch endlich heißes Wasser, denn die Anlage schaffte es selbst, wenn es nicht besonders sonnig war, das Wasser schön warm zu machen. Nun musste ich als nächstes den wasserführenden Kaminofen einbauen. Es passte mir sehr gut, dass ich noch Elternzeit bis Oktober hatte, und ich musste mir somit über meine selbstständige Arbeit und das Einkommen keine Sorgen machen. Zufällig war der nächstgelegene Händler für wasserführende Öfen ganz in der Nähe, und ich konnte den Ofen dort abholen. Dabei kam ich mit dem Chef ins Gespräch und erzählte ihm, dass ich selbstständiger Handwerker sei. Er fragte mich, ob ich auch Öfen für seine Kunden einbauen würde, und so setzten wir uns einige Zeit später zusammen und verhandelten die Preise. So hatte ich über den Winter wieder Arbeit und diesmal sozusagen als Subunternehmer.

Unser wasserführender Kaminofen war bald installiert, und ich musste nur noch die Rohre der Wandheizung spülen, um die ganze Luft heraus zu bekommen. Das dauerte etwas, und dafür, dass ich kein Klempner war, war ich doch sehr zufrieden mit unserer hundertprozentigen Selbstversorger-Heizung, die ich mir ja im Grunde alleine ausgedacht und installiert hatte. Nur das Holz fehlte noch. Wir hatten zwar ein paar kleine Birken gefällt, aber das würde höchstens ein paar Wochen reichen. Ich machte dem Besitzer des Ofenladens den Vorschlag, eine Lkw-Ladung Holzstämme zu bestellen, damit wir den Kunden zu den Öfen gleich das entsprechende Brennholz anbieten könnten. Ich würde am Sägen und Spalten der Stämme noch etwas dazu verdienen, und er wäre für die Vermarktung zuständig. Er war einverstanden. Natürlich fiel so auch etwas Holz für uns ab, und wir hatten es den ersten Winter schön warm in unserem neuen Domizil. Um einige Sachen sollte man sich eben nicht zu viele Gedanken machen - die regeln sich meistens wie von selbst.

Obwohl wir eigentlich genug um die Ohren hatten, trauerte Nadine natürlich noch immer um ihr Pferd. Zwar war sie den ganzen Tag vollends mit den Kindern und dem neuen Haus, den Ziegen und dem Garten beschäftigt, aber trotzdem fehlte ihr die tägliche Routine bei der Versorgung der Pferde. Jede freie Sekunde verbrachte sie, umringt von Baumaterialien und unausgepackten Kartons vor dem Laptop und durchforstete die Kleinanzeigen nach Verkaufspferden in der Umgebung. Mit einer Freundin und Mia fuhr sie einige Male los, um sich Pferde anzusehen und probezureiten, obwohl sie natürlich wusste, dass es momentan eigentlich wichtigeres zu tun gab, trotzdem: Ein Leben ohne Pferde erschien ihr zwar möglich, aber nicht erstrebenswert zu sein. Und so kam sie diesbezüglich erst wieder zur Ruhe, als sie zwei passende Pferde gefunden hatte: die ältere Haflingerstute Nasti aus einem Therapiebetrieb und einen betagten Shettywallach namens Micky, der aus einem Reitschulbetrieb ausgemustert worden war, für die Kinder. Beide kamen aus dem Nachbarort und sollten quasi ihren Ruhestand bei uns antreten. Zwar kam Nadine in den kommenden Wochen und Monaten nicht besonders oft zum Reiten, aber die Nähe und die Versorgung der Pferde schien ihr schon auszureichen, um zwischendurch dem Alltag kurz zu entwischen und einen klaren Kopf zu bekommen. Äppelsammeln schien eine Art meditative Wirkung auf sie zu haben.

An einige Tage im Leben kann man sich irgendwie immer erinnern, und das war so ein Tag: Ich stand gerade auf der Leiter, um bei einer Kundin die Holzfassade zu streichen. Wenn mein Handy klingelte, war es eigentlich immer unpassend. Manchmal hatte ich das Gefühl, dass es fast ein

Garant war: Wenn ich einen wichtigen Anruf erwartete, brauchte ich nur auf eine Leiter zu steigen oder eine sonstige ungünstige Position einzunehmen, und genau dann klingelte das Handy. Jedenfalls war es Nadine, die mir sagte, dass ich schnell nach Hause kommen müsste, da die Galloways ausgebrochen wären und auf der Koppel vom Nachbarn herumliefen. Sie habe zwar versucht, sie wieder einzufangen, aber als der eine Bulle angriffslustig den Kopf gesenkt habe, habe sie sich mit Mia doch lieber in Sicherheit gebracht. Ich sagte der Kundin, dass ich gleich wiederkommen würde und fuhr sofort los. Zu Hause angekommen machten wir sofort einen Plan, der darin bestand, dass ich mit dem Auto über die Nachbarkoppeln fahren würde, um den Galloways den Weg abzuschneiden. Ich würde dann versuchen, die Rinder mit dem Auto zurück auf unsere Wiese zu treiben. Nadine würde an der durchbrochenen Stelle am Zaun warten und diesen schnell hinter den Galloways wieder schließen, sobald diese zurückkämen. Soweit die Theorie! Da die Koppel an einigen Stellen sehr nass war, hatte ich Glück, mich dort nicht noch festzufahren, denn immerhin fuhren wir keinen Geländewagen, sondern nur einen alten Peugeot. Die Umsetzung gelang wider Erwarten gut. Nadine stand am Zaun, klatschte und wollte sich ausschütten vor Lachen angesichts dieser Szenerie. Sie verlieh mir prompt den Cowboy-Status. Wir entschieden uns, die Galloways schnellstmöglich schlachten zu lassen, da sie schon häufiger die Zäune missachtet hatten. Offensichtlich konnte der Stromzaun sie aufgrund ihres dicken Felles schlicht und einfach überhaupt nicht beeindrucken. Und Nachbars Gras ist bekanntlich immer grüner!

Schon am nächsten Tag lieh ich mir einen Pferdeanhänger und baute ein Gatter, in das ich die Jungbullen einsperren konnte. Dann half mir Nadine, die beiden zu verladen, damit ich sie zum Schlachter fahren konnte. Genau genommen hätten sie noch gerne ein paar Monate älter werden sollen, aber die Gefahr, dass sie noch häufiger abhauen würden, war uns zu groß. Zwei Wochen später konnten wir das Fleisch abholen. Galloway Fleisch ist einfach wunderbar, und von den eigenen Tieren natürlich noch besser. Wir froren so viel ein, wie irgendwie in unsere Gefriertruhe passte und verkauften den Rest zu einem fairen Preis an Freunde und Bekannte. So hatten wir zumindest einen guten Teil der Unkosten wieder drin.

Unsere Ziegen waren mittlerweile groß und wurden bockig. Das bedeutet im Klartext: Sie waren empfängnisbereit und schrien nach einem männlichen Verehrer! Und hier muss ich ganz klar sagen, hörte bei mir die Tierliebe auf, denn eine bockige Ziege ist wohl das penetranteste und lauteste Tier, das man nur halten kann. Ohne Rücksicht auf Verluste schreit die Willige ohne Unterlass in einer ohrenbetäubenden Endlosschleife. Das Getöse wird noch gesteigert, sobald die Ziege einen Menschen auch nur erahnt, denn dieser könnte sie ja erhören und ihren Wünschen näherbringen – oder gar selbst ein scharfer Ziegenbock sein. So wurde erst die eine und später die andere Ziege mit dem Anhänger zum Bock im Nachbarort chauffiert, um dort eine heiße Liebesnacht zu verbringen. Dann war wenigstens Ruhe. Das markante Parfum des Bockes erschnupperten wir jedoch noch Tage, nachdem die Ziegen wieder Zuhause waren.

Es war der dritte ziemlich kalte und schneereiche Winter hintereinander. Das erste Weihnachtsfest im neuen Haus stand vor der Tür, und sogar mit einem Weihnachtsbaum konnten wir uns selbst versorgen, denn die Vorbesitzerin hatte vor ein paar Jahren ungefähr fünfzig Tannen angepflanzt, sodass wir die nächsten Jahre immer einen Weihnachtsbaum haben würden. Wir luden die Nachbarn zu einem Umtrunk ein und schenkten ihnen jeweils einen Tannenbaum, weil es viel zu viele waren. Wir wohnten in einem abgelegenen Teil des Dorfes, der über die Maßen gesellig war. Die paar weit verstreuten Nachbarn hielten zusammen wie Pech und Schwefel und hatten uns schon mit einer Willkommensparty inklusive Girlande begrüßt, als wir im Frühling eingezogen waren. So wurde auch dieses vorweihnachtliche Beisammensein bei Glühwein und Bratwürsten, ein tolles Erlebnis das uns vor Augen führte, dass wir voll und ganz in die traute Runde aufgenommen worden waren. Wir fühlten uns pudelwohl.

14

Trotz des Umzuges hatten wir es bereits im ersten Jahr geschafft, viel auf unserem neuen Gemüsebeet zu pflanzen und zu ernten. Wir konnten sogar ein paar Gläser Rotkohl und Erdbeermarmelade für den Winter einlagern. Auch Kartoffeln hatten wir kiloweise in den Keller geschleppt. So stand einem schmackhaften Selbstversorger-Weihnachtsessen nichts im Wege. Heiligabend und Silvester waren sehr schön. Zu Silvester trafen sich alle Nachbarn jedes Jahr bei einsetzender Dunkelheit, um mit den Kindern Rummelpott zu laufen. Dazu kamen alle Kinder und auch die Erwachsenen in lustigen oder gruseligen Kostümen, um von Tür zu Tür zu gehen, dort im Chor plattdeutsche Rummelpott-Gedichte aufzusagen und Süßigkeiten zu sammeln. Eine nette Tradition, nur hatten wir von Anfang an etwas gegen die Unmengen von Zucker und anderen Zusatzstoffen in den Bergen von Süßigkeiten. Wenn Kinder keinen Zucker gewohnt sind, wirkt dieser selbst in kleineren Mengen wie eine Aufputschdroge. Da unsere Kinder schon von Natur aus sehr lebhaft sind, war es noch nie eine gute Idee gewesen, ihnen Zuckriges zu geben. Zu der Zeit verbannten wir immer mehr weißen Industriezucker aus unserem Leben und ersetzten ihn lieber durch Rohrzucker oder Honig. Die Rummelpott-Beute wurde also nur Stück für Stück ausgeteilt und reichte dementsprechend bis weit nach Ostern.

Diesen Winter bemerkten wir schnell, dass zwei Zimmer plus Wohnzimmer und Küche mindestens ein Zimmer zu wenig waren. Mia schlief noch im Anstellbett mit in unserem Schlafzimmer, da sie immer noch gestillt wurde. Auch unser Schreibtisch mit dem Computer hatte seinen Platz im Schlafzimmer, ebenso wie unser Kleiderschrank. Dementsprechend konnte man sich erstens in dem Zimmer kaum noch um die eigene Achse drehen, noch konnte ich morgens in Ruhe am Computer arbeiten. Ein weiterer Missstand war die Tatsache, dass man durch unser Schlafzimmer gehen musste, um ins Badezimmer zu kommen. Somit konnten wir abends keinen Besuch empfangen, weil Mia geweckt worden wäre, und Noah weckte uns ebenfalls, wenn er nachts auf die Toilette musste. Also hatte ich kurzerhand bei einem Maschinenverleih in der Nähe einen großen Stemmhammer ausgeliehen, um - viel früher als eigentlich geplant - unserer Zwischendecke zum Dachboden zu Leibe zu rücken und von oben aus ein Loch für den neuen Treppenaufgang zu schaffen. Es war im wahrsten Sinne des Wortes eine saumäßige Arbeit, denn es staubte trotz aufgehängter Wolldecken unten in alle Richtungen des Wohnraumes. Und auch die herunterfallenden Betonbrocken machten höllischen Lärm. Ich hatte mir vorgenommen, oben achtzig Quadratmeter Fläche auszubauen: Ein Schlafzimmer für uns Eltern, zwei Kinderzimmer, ein großes Vollbad und einen Flur, alles in Eigenleistung, möglichst ökologisch gebaut und mit so viel Materialrecycling wie möglich.

Ich hatte derzeit keinen übermäßig vollen Termin-kalender, da ich nur einige Aufträge zum Ausliefern von Öfen hatte, um diese dann an den Schornsteinen anzuschließen. Ich hatte ja, als ich Nadine damals kennen gelernt hatte, in einer Tischlerei gearbeitet und somit einiges vom Treppenbau mitbekommen. Die Treppe musste auch nicht gewendelt sein, so wie die Treppe damals beim alten Haus, die ich ebenfalls selber gebaut hatte, so dass die Berechnung dieses Mal nicht all zu kompliziert war. Beim Baumarkt gab es Küchenarbeitsplatten aus Kiefernleimholz in der richtigen Stärke. Da musste ich nur anzeichnen und aussägen, und so war die Treppe in ein paar Tagen fertig. Nun konnte ich auch bequem Material nach oben schaffen. Zuerst baute ich das Treppenhaus, um etwas vor den Treppenausgang hängen zu können, damit nicht die ganze Wärme nach oben zog. So vergingen die Winterwochen wie im Fluge, und eine Wand nach der anderen wurde fertig. Nadine zog mich zwar ständig damit auf, dass wir getrennt leben würden, weil wir uns so selten sahen, aber ich wollte nun mal keine Zeit verlieren, um unsere Wohnsituation zu verbessern. Im Mai bezogen wir endlich das Obergeschoss. Endlich hatten wir genug Platz und konnten das erste Mal seit Jahren ohne Baby am Bett in unserem neuen Schlafzimmer schlafen. Mia schlief ab der ersten Nacht in ihrem eigenen Zimmer wie ein Engel. Sie konnte ja inzwischen auch schon laufen, und nun mussten wir alle ständig aufpassen, dass sie nicht die Treppe hinunterfiel. Die Kinder waren auch sehr glücklich mit ihren neuen Zimmern. Sie hatten außerdem im großen Garten ein Trampolin, eine Rutsche, Sandkiste und Schaukeln sowie ein kleines Baumhaus von den Großeltern bekommen und hatten somit eigentlich alles, was man sich als Kind so wünschen kann. Vor allen Dingen konnten sie auf einem richtigen kleinen Bauernhof mit vielen verschiedenen Tieren groß werden, mit ganz viel Raum, um sich frei zu entwickeln, wie wir es uns immer für sie gewünscht hatten.

Aber an diesem Bauernhof musste eben noch sehr viel gemacht werden. Wir begannen einen Teil der Fassade, die aus grünen Blechplatten bestand, abzubauen, zu dämmen und durch Holzfassade zu ersetzten. Außerdem hatten wir ein kleines Problem mit dem Kondenswasser im Winter gehabt: Immer, wenn wir Temperaturen um den Gefrierpunkt hatten, tropfte über dem Spitzboden, der über unserem neuen Wohnraum endstanden war, das Blechdach von innen auf die Dämmung der Decke des Obergeschosses. So musste ich noch Holzplatten auf dem Spitzboden legen, um die Dämmung zu schützen und zusätzlich Styropor an die Blechplatten kleben. Das war eine kniffelige und zeitraubende Arbeit, verhinderte aber tatsächlich die Entstehung des Kondenswassers. Es kamen also immer wieder neue kleine Baustellen hinzu, mit denen wir nicht gerechnet hatten, und das sollte auch in den nächsten Jahren so bleiben.

Ich baute inzwischen für meine Kunden immer mehr Friesenwälle. Das sind für Norddeutschland typische Natursteinmauern, die meistens in Beton gesetzt werden. Das hatte ich damals ja schon mit Frank in Dänemark gemacht. Es brachte gutes Geld, aber war wirklich eine sehr anstrengende Arbeit. Die Kunden waren immer sehr zufrieden mit meiner Arbeit, und ich erkannte, dass ich ein gewisses Händchen dafür hatte. Und irgendwie war die Arbeit auch kreativ, nur die Steine waren zum Teil bis zu einhundertfünfzig Kilo schwer, und ich bewegte sie meistens mit der Hand. Ich hatte aber nach wie vor keine Lust, immer nur zu arbeiten und dem lieben Geld hinterher zu rennen, denn jede Jahreszeit hat ihre bestimmten Dinge, die man eben nur dann machen kann. Frühlingszeit war Heringszeit, und ich hatte mir ein kleines gebrauchtes Boot gekauft, um in der Flensburger Förde Heringe zu angeln. Auch auf die Schlei bei Kappeln fuhren wir regelmäßig, um Heringe zu angeln. Dieses Jahr fuhr ich das erste Mal mit Noah dorthin. Es war sehr früh und noch sehr kalt, aber wir hofften, dass schon ein paar Heringe da waren. Es war kein gutes Zeichen, dass so gut wie kein Angler am Hafen stand, nur ein paar Kinder angelten dort. Normalerweise standen hier die Angler dicht an dicht, immer einige Hundert, deswegen sollte man am besten schon um fünf Uhr morgens da sein. Also versuchten wir unser Glück. Und es dauerte nicht lange, und wir fingen einen Hering nach dem anderen. Die anderen Kinder halfen Noah beim Angeln, und er wollte gar nicht mehr weg. Beim Angeln vom Boot ist das anders. Die Heringe kommen jedes Frühjahr in Schwärmen mit Millionen von Fischen zum Ablaichen aus dem Meer in das Süßwasser der Schlei. Wenn man Glück und einen Schwarm direkt unter sich hat, geht es Schlag auf Schlag. Man hat fünf Haken mit etwas Blinkendem daran, und die Heringe schnappen zu. Oftmals hat man dann sogar drei, vier oder im besten Fall ein „Full House", also fünf Heringe an der Angel. So kann man in wenigen Stunden an guten Tagen leicht mehrere hundert Heringe mit nach Hause bringen. Unseren Fang räucherten wir in den nächsten Tagen zum Teil, und aus dem Rest machten wir Rollmops, den zu unserem Erstaunen sogar die Kinder gerne aßen. In den Binnengewässern bei uns mochte ich schon längst nicht mehr angeln, weil ich wusste, wie viel Dünger und Pestizide auf den Äckern landeten und von dort nach und nach in die umliegenden Gewässer eingetragen wurden. Allerdings war mir auch zu Ohren gekommen, dass am Ende des zweiten Weltkrieges sehr viel Munition und Bomben in der Förde und der Schlei verklappt worden waren, und es war nur eine Frage der Zeit, bis der ganze Mist sich zersetzen und die

Gewässer mit Arsen und anderen gesundheitsschädlichen Stoffen verseuchen würde. Auch dies war bekannt, und ich fragte mich, warum sich niemand dafür zuständig fühlt, dieses Problem zu lösen, bevor es sich im Meer selbst auflöst. Ich hatte jedenfalls meine alte Liebe zu Booten neu entdeckt, und genoss die Zeit auf dem Wasser.

15

Das Gemüsebeet trug im zweitem Jahr volle Früchte. Alles gedieh hervorragend, nur mit dem Kohl sollte es irgendwie immer nicht klappen, da konnte Nadine machen, was sie wollte, selbst abdecken half nichts. Irgendwelche Raupen, meistens die vom Kohlweißling, kamen plötzlich in Scharen daher, um sämtlichen Kohlpflanzen den Gar aus zu machen. Da half nur tägliches, konsequentes Absammeln, denn Giftspritzen kam für uns natürlich nicht infrage, und selbst dann blieben meist nur unförmige und löchrig-schleimige Gebilde zurück, die keiner mehr essen wollte. Nur die Hühner freuten sich, fanden sie doch hier und da noch eine fette Raupe zwischen den Blättern. Wir konnten es nicht lassen, Anfang Mai auch schon die ersten zarten Spargelstangen zu ernten, von denen wir einfach nicht genug bekommen konnten – kein Vergleich zu gekauftem Spargel. Wir hatten viele Kartoffeln gepflanzt, die über den ganzen Winter reichen sollten. Am ertragreichsten waren aber unsere Erdbeeren: Zwanzig Kilo hatte Nadine diesen Juni geerntet und viel Marmelade gekocht. Diese ließ sich auch immer gut zu Weihnachten verschenken. Außerdem hatten wir zwei Weinpflanzen gepflanzt, die dank etwas Pferdemists wie wild wucherten. Sie fühlten sich außen am warmen Gewächshaus, das auf der Südseite des Gebäudes ursprünglich als Wintergarten gedacht war, sehr wohl.

Auch die Ziegen hatten gelammt, und somit erreichte unsere Selbstversorgung die nächste Stufe: Milch und Milchprodukte. Mit der frischen Kuhmilch vom Nachbarn hatte Nadine schon einige Käse zustande gebracht und widmete sich nun voller Begeisterung der Herstellung von Ziegenkäse, Joghurt und Quark. Bei den Käse-Experimenten ging zwar am Anfang einiges daneben, aber irgendwann hatte Nadine ein Rezept gefunden, das relativ einfach war und einen Feta-artigen Käse hervorbrachte, den man sowohl frisch auf Brot oder im Salat essen konnte, oder aber man konnte ihn backen, braten, einlegen oder grillen. Das war zwar alles sehr zeitaufwändig, und die festen Melkzeiten gaben natürlich einen gewissen Tagesplan vor, eröffnete aber auch ganz neue Möglichkeiten und kulinarische Freuden. Selbst Freunde und Bekannte waren begeistert und hätten gerne regelmäßig Ziegenkäse bei uns bestellt. Darum beschlossen wir, die beiden weiblichen Ziegenbabies von diesem Jahr zu behalten, um in den nächsten Jahren unsere Herde zu vergrößern. Dass Nadine eigentlich „reiten und nicht melken" wollte, wie sie als Kind zu ihrem Vater gesagt hatte, schien sie vor lauter Euphorie vollkommen vergessen zu haben. Inzwischen schien es eher andersherum zu sein, denn zum Reiten kam sie wirklich bedauernswert selten.

Wir bauten bei der Obstbaumwiese ein Entengehege mit einem kleinen Stall und besorgten uns eine Warzenentenmama mit elf Küken. Diese Rasse, auch Flugenten genannt, eignen sich zum Züchten und Schlachten. Das Schlachten fiel mir inzwischen auch nicht mehr ganz so schwer. Selbst bei so unschönen Sachen bekommt man irgendwie Routine. Gerne haben wir es natürlich nie getan, aber sobald das Essen auf dem Tisch stand, wussten wir, wofür wir es gemacht hatten. Und wir waren immer der Meinung, dass wir, solange wir Fleisch essen wollten, auch die Konsequenzen dafür tragen müssten. Die Hühner brüteten sowieso immer zuverlässig von alleine, und wenn jetzt noch die Enten für Nachschub sorgten, wären wir wieder einen Schritt weiter. So kamen wir immer weiter voran in Sachen Selbstversorgung. Manchmal redeten wir uns ein, dass wir bald die hundert-Prozent-Marke erreichen würden. Vor allem im Sommer trug unsere Arbeit Früchte in Hülle und Fülle und entlohnte uns für all unsere Mühen.

Als es so richtig heiß war, fuhren Noah und ich nach Dänemark an die Nordseeküste nach Hvide Sande, um von dort aus mit einem Kutter raus zu fahren zum Makrelenangeln. Es war ein aufregendes Erlebnis für uns, und Noah zog mit seiner kleinen Angel eine Makrele nach der anderen aus dem Wasser. Innerhalb von drei Stunden hatten wir vierzig Kilo Makrelen gefangen. Geplant gewesen war eigentlich ein zweitägiger Urlaub, aber da wir nun so viel gefangen hatten, mussten wir schon früher nach Hause, denn Fisch ist bekanntlich nicht lange haltbar, und wir hatten keine Möglichkeit die Makrelen so lange zu kühlen. Zuhause kamen wir natürlich total stolz mit unserer Ausbeute an. So konnten wir die nächsten Wochen Makrelen in sämtlichen Ausführungen essen. Das wollten wir künftig jedes Jahr machen.

Im September 2013, kurz nach unserer hölzernen Hochzeit, kam unsere Hündin Luzie zu uns. Im Dorf hatte ein Bekannter Welpen von seiner Berner Sennen Hündin, und Nadine und die Kinder wollten selbstverständlich „nur mal gucken". Natürlich gab es danach kein Halten mehr, und gegen die Übermacht meiner Familie war jeder Widerspruch zwecklos. Unsere Hündin Mulie war auch in die Jahre gekommen, und es war abzusehen, dass sie nicht mehr allzu lange leben würde. Mulie konnte dann Luzie gleich in die Arbeit des Hofhundes einweisen. So hatten wir kurzfristig wieder zwei Hunde, und leider war ich der, der immer morgens als erstes aufstand und somit auch die Hinterlassenschaften des Welpens wegputzen musste. Dafür kümmerte Nadine sich den Rest des Tages um die Stubenreinheit und die Erziehung – sowohl des Welpens als auch der Kinder.

Ich nahm seit einiger Zeit auch ab und zu einen Helfer mit auf meine Baustellen, denn manchmal hatte ich so viel zu tun, dass ich es alleine nicht mehr schaffen konnte. Ende Oktober wurde ein starker Orkan angekündigt, und wir hatten grade ein Baugerüst ausgeliehen und an der Rückwand unseres Hauses aufgebaut, um die Fassade auch auf der Rückseite zu erneuern. An dem Tag, an dem der Orkan angesagt war, war es vormittags fast unheimlich windstill. Es nieselte ein bisschen, wurde dann aber besser. Es herrschte die sprichwörtliche Ruhe vor dem Sturm. Wir sicherten vorsichtshalber das Trampolin, in dem wir das Schutznetz abnahmen und Holzstämme darauflegten. Das Baumhaus wurde ebenfalls mit Holzklötzen gesichert. Auch das Baugerüst hatte ich mit zusätzlichen Hölzern so gut es geht gesichert. Selbst unser kleines Angelboot hatten wir fest verankert, damit es nicht wegfliegen konnte. Wir kamen uns fast etwas lächerlich vor bei all den Vorkehrungen. Ich fragte Nadine: „Meinst du, da kommt heute noch was?" „Kann ich mir fast nicht vorstellen", erwiderte sie mit einem prüfenden Blick gen Himmel, und ich stimmte zu. Als wir dann im Radio hörten, dass die Schule in unserem Landkreis abgebrochen worden war und die Kinder früher nach Hause kommen würden, hatten wir schon das ungute Gefühl, dass da wohl doch noch etwas kommen könnte. Natürlich guckten wir auch im Internet nach dem Wetter, aber auch dort war sich keiner sicher, wie es sich entwickeln würde. Also warteten wir mit einem Kitzeln in der Magengegend. Langsam wurde es windig und immer windiger. Und bald glaubten wir, dass es ein Stürmchen werden würde. Wir lebten ja nun schon zwölf Jahre in Nordfriesland und waren recht sturmerprobt. So hatten wir beim alten Haus das eine Mal eine Mittelstütze vom Pferdestall festhalten müssen, damit das Dach nicht abhob. Ein anderes Mal sammelten wir die Dachplatten besagten Stalles von der Nachbarwiese, da das Dach sich bei einem anderen Sturm dann doch verabschiedet hatte. Aber was nun kommen sollte, übertraf alles was wir bisher an Unwettern erlebt hatten bei weitem. Innerhalb kürzester Zeit nahm der Wind derartig zu, dass wir es alle mit der Angst zu tun bekamen. Der Strom fiel aus, und wir mussten das Feuer im Ofen löschen, da dieser ohne laufende Elektropumpe schnell überhitzt wäre. Der Wind im Kamin jaulte und heulte und machte die absonderlichsten Geräusche. Fast erinnerte es an den Lärm einer Flugzeugturbine. Die Kinder durften nicht mehr nach oben in ihre Zimmer, da wir befürchteten, das Dach oder gar das gesamte Obergeschoss könne weggeblasen werden. Noah nahm ich kurz mit nach draußen, doch wir hatten Mühe irgendwo hinzukommen, und wir bekamen kaum Luft. Außerdem flogen überall kleine und größere Teile durch die Luft, was natürlich recht gefährlich war. So gingen wir gleich wieder rein, doch die Haustür ließ sich aufgrund des enormen Winddruckes nicht schließen. Ich setzte mein gesamtes Gewicht ein und brauchte eine gefühlte Ewigkeit, um die Tür wieder schließen zu können. In der Zeit waren unzählige Blätter hereingeweht. Alles um uns herum heulte, und ein Baum nach dem anderen knickte um. Auf unser Auffahrt hatte ich einen großen Doppel-Carport gebaut, der allerdings noch nicht komplett fertig war. Leider sah man schon, wie er sich im Wind bewegte, um nach kürzester Zeit in einem Stück abzuheben. Er flog über die dahinterliegende Hecke und landete zehn Meter weiter auf dem Dach im Ziegengehege. Der Gemeindewald hinter unserem Haus war auch nur noch zur Hälfte da. Als wir das bemerkten, wurde uns der Ernst der Lage erst so richtig bewusst. Wir sahen im Sekundentakt einen Baum nach dem anderen umfallen. Die großen Pappeln in unserem Garten lagen alle wie Mikado-Stäbe kreuz und quer übereinander, die Wurzelballen hatte riesige Löcher ins Erdreich gerissen, und das Baugerüst war trotz Absicherung umgefallen. Fast hätte es dabei noch ein Fenster zerschlagen. Mit einem ohrenbetäubenden Quietschen rutschte es an der Fensterscheibe entlang und fiel dann in seinen Einzelteilen auf den Boden. Hinten bei den Pferden hatte der Sturm das Scheunentor aufgerissen und fast aus den Angeln gehoben. Nur mit allergrößter Mühe und gemeinsamer Kraft konnten wir es wieder schließen und notdürftig sichern. Sämtliche Litzen des Zaunes waren im Wind zerrissen oder von herumfliegenden Gegenständen und

Ästen zerstört, Zaunpfähle waren umgefallen, und alles glich einem Schlachtfeld. Wir waren ja alle wetterbegeistert, aber das war eindeutig einige Nummern zu heftig. Wir waren froh, dass der schlimmste Sturm so schnell abflaute wie er gekommen war. Die ganz heftige Phase mit Böen bis zu 180 Stundenkilometern hatte gerade etwas über eine Stunde lang gedauert. Es war uns wie eine Ewigkeit vorgekommen. Mit dem Strom war auch das Telefon ausgefallen, und selbst die Handys funktionierten nicht mehr. Das Ganze hatte etwas von einer Katastrophe. In der Ferne sah ich den Teleporter vom Nachbarn blinken, und ich schnappte mir meine Kettensäge. Ich zersägte die Bäume, die überall auf den Straßen lagen, und er schob sie mit dem Teleporter zur Seite. So bahnten wir uns einen Weg Richtung Dorf, denn die Straßen mussten natürlich so schnell wie möglich wieder passierbar gemacht werden, auch für den Fall, dass jemand verletzt worden war. Selbst riesige, über hundertjährige Eichen waren umgestürzt, da sie Ende Oktober noch belaubt waren. Zuhause machten wir uns Kerzen an und sprachen über nichts anderes als den Sturm. Nadine melkte die Ziegen im Dunkeln, und wir kochten bei Kerzenlicht auf unserem Gasherd. Bei all der ganzen Katastrophenstimmung hatte das Ganze auch etwas sehr gemütliches, fast romantisches an sich. Zum Glück war niemand verletzt worden. Glücklicherweise war es draußen nicht ganz so kalt, denn den Ofen konnten wir ja nicht benutzen. Wir beschlossen einstimmig, schnellstmöglich ein Notstromaggregat zu besorgen. Noch die ganze Nacht heulte draußen der Sturm ums Haus, aber wenigstens war er nicht mehr so stark.

Wir hatten eine sehr unruhige Nacht, jede Windböe ließ uns aufschrecken. Am nächsten Tag war das Haus ziemlich ausgekühlt, und Strom gab es immer noch nicht. Wir setzten uns ins Auto und fuhren etwas durch die Gegend, um uns ein Bild von den Schäden zu machen. Andere hatte es noch schlimmer erwischt als uns. Einem Nachbarn war eine riesige Eiche auf das Hausdach geknallt, und der andere Nachbar hatte erst gar kein Dach mehr. Das gesamte Obergeschoss hatte sich samt der riesigen Solaranlage in alle Himmelsrichtungen verteilt. Es sah aus wie nach einem Bombenangriff, und überall waren die Leute dabei, alles aufzuräumen. Man konnte getrost behaupten, dass Sturm Christian in Nordfriesland stellenweise mindestens die Hälfte aller Bäume umgeknickt hatte. Da hier schon vorher nicht allzu viel Wald gestanden hatte, war dieser Verlust für uns wirklich schlimm, da wir Wald liebten. Und dieser Verlust würde nicht so schnell wieder ersetzt werden können. Auf jeden Fall war uns am eigenen Leib klargeworden, wie wichtig es war, auf alle Eventualitäten vorbereitet und so autark wie möglich zu sein.
Natürlich fingen wir jetzt auch bei uns mit den Aufräumarbeiten an. Am nächsten Tag fielen uns

noch unzählige Sachen auf, die kaputtgegangen waren, auch viele Kleinigkeiten, aber in der Summe war es ein ziemlicher Schaden, nicht nur finanziell. Vor allem kam eine Menge Arbeit auf uns zu. Es dauerte fast drei Tage, bis die Eon uns einen Generator hingestellt hatte, denn die Reparaturen der Stromleitungen würden wohl noch etwas dauern. Im Dorf war der Strom schneller wieder da, aber die Außenbereiche standen schlechter da. Endlich wurde das Haus wieder warm. Essen kochen konnten wir, wie gesagt, ohnehin, da wir uns ja bewusst beim Umbau des Hauses für einen Gasherd entschieden hatten. Nicht nur, dass man mit einem Gasherd relativ autark ist, auch jeder Profikoch benutzt Gas. Und mit drei elf Kilo Gasflaschen könnte man bei sparsamen Umgang sicherlich zwei Jahre kochen. Das Handy funktionierte immerhin wieder und klingelte andauernd, denn viele Kunden riefen jetzt an und wollten natürlich Bäume gefällt, Zäune repariert oder Gartenhütten erneuert haben. Und alle wollten es sofort! Ich war die nächsten Monate also hauptsächlich mit meinem Helfer und einem Praktikanten unterwegs, um Sturmschäden zu beheben. Ich kaufte mir sogar einen kleinen alten Trecker, damit ich einige Aufträge überhaupt annehmen konnte, die schweres Gerät erforderten. Vier Wochen nach dem ersten Sturm war auch schon der nächste angekündigt. Immerhin hatten wir inzwischen eine ausgetüftelte Notstromversorgung. Diese bestand aus einer kleinen

Solarzelle, einem Ladegerät und einem Wechselrichter, der Batteriestrom in 230 Volt umwandelte. Damit könnten wir die Wasserpumpe unseres Kamins, das Radio und ein paar Lampen betreiben. Unseren eigenen Sturmschaden hatten wir durch die Versicherung leider so gut wie gar nicht ersetzt bekommen, darum reagierten wir umso sensibler, als kurz darauf der nächste Sturm angekündigt wurde. Dieser wurde glücklicherweise nicht ansatzweise so brachial wie der erste, aber einige Zäune, die ich mit meinen Helfern gerade wiederhergestellt hatte, wurden schon wieder umgeweht. Zäune aufstellen zählt bis heute nicht gerade zu meinen Lieblingsarbeiten, und ich war wenig begeistert, als ich einige Zäune nun bereits zum dritten Mal aufbauen musste. Wenigstens gingen mir die Aufträge nicht aus. So war ich bis Januar damit beschäftigt, hauptsächlich die Sturmschäden bei anderen Leuten zu richten. Es war für die Finanzen eine gute Sache, aber ich war auch froh, als es dies bezüglich wieder ruhiger wurde.

16

Oftmals überlegte ich, wie es weitergehen sollte. Angenehmer wäre es natürlich gewesen, einen festen Plan zu haben, aber ich war immer hin- und hergerissen, was ich eigentlich wollte. Angefangen hatte ich mit meiner Selbständigkeit als Hausmeisterservice, und mittlerweile hatte sich das Ganze zu einem Gartenbau-, Renovierungs- und Sanierungsservice entwickelt. Ich konnte damit einfach mehr verdienen, und es machte mehr Spaß als das ständige Heckenschneiden und Rasenmähen. Mir war die Arbeit sowieso lieber, wenn ich mich ein wenig kreativ ausleben konnte. Es war kein Problem, ich konnte auch gut mal eine Woche nur streichen, aber dann war ich auch froh, wieder etwas anderes zu machen. Manchmal hatte ich so viel zu tun, dass ich dachte, ich bräuchte einen Festangestellten, aber die Nebenkosten schreckten mich immer ab, da es immer nur Intervalle waren, in denen so viel zu tun war. Ich hätte es mit mehr Werbung natürlich wagen können, aber ich war eigentlich immer ganz froh, wenn es für alles reichte und ich kein hohes Risiko hatte. Außerdem sparten wir ja mittlerweile eine Menge Geld, zumindest im Sommer, mit unserer Selbstversorgung. Dann konnten wir die besten Sachen essen, die sich in dieser Qualität sonst wirklich nur Besserverdiener regelmäßig leisten können.

Ich war mir sicher, dass es nicht für viele Leute in Frage kommt, so zu leben, aber mir machte es nicht viel aus, wenn ich mal keine Aufträge hatte. Denn ich wollte nicht leben um zu arbeiten, sondern nur so viel arbeiten, wie wir für unser momentanes Leben eben brauchten. Und somit hatte ich auch viel mehr Freizeit und konnte Zuhause renovieren oder etwas mit der Familie machen. Trotzdem war ich nicht so hundertprozentig begeistert von der eigentlichen Arbeit. Ich wusste, dass ich bald etwas anderes machen wollte, nur eben noch nicht genau, was. Auf jeden Fall sollte es darauf hinauslaufen, noch mehr Zeit für die Dinge im Leben zu haben, die Spaß machen. Wir haben uns auch nie damit zufriedengegeben, es zu machen wie alle anderen, nur, „weil man es eben so macht". Manchmal hatte ich das Gefühl, wir waren nur zufrieden, wenn wir es genau nicht so machten wie die anderen. Wir hatten auch nie das Gefühl, dass uns unser recht kleiner Freundeskreis nicht ausreiche, aber lieber die richtigen Freunde zur richtigen Zeit, und damit meine ich echte Freunde aus Fleisch und Blut und keine virtuellen.

Leider wurde irgendwann damit begonnen, in drei Kilometern Entfernung Windräder zu bauen. Diese schossen nun wie Spargel aus dem Boden. Erst eins, dann zwei und innerhalb weniger Wochen hatten sie fünfzehn riesige Windmühlen aufgestellt. Trotz der drei Kilometer Entfernung hatten wir bei der Größe das Gefühl, dass sie viel dichter waren. Und bei Westwind waren sie auch deutlich zu hören. Viele Menschen hätte das vielleicht nicht gestört, gerade die nicht, die damit Geld verdienen, die scheinen sowieso total immun gegen jegliche Belästigungen von Windrädern. Doch wir hatten neun Jahre an einer Bundesstraße gewohnt und waren nicht umsonst unter einem großen persönlichen Aufwand in die vermeintliche Stille gezogen. An manchen Tagen je nach Windrichtung und stärke, klangen die Windräder wie Flugzeuge, die weiter entfernt flogen, ein unterschwelliges Vibrieren und Dröhnen vermischt mit einem dumpfen Brummen im Hintergrund. Nachts blinkte der einst ruhige Himmel nun wie die Skyline einer Großstadt. Wo tagsüber jetzt ein geschäftiges Drehen der Windräder den Horizont aufwühlte, fanden selbst nachts die Augen keine Ruhe mehr. Abschalten war nicht mehr möglich – im doppelten Sinne. Wir waren verwundert, dass es bis auf einen anderen Nachbarn kaum jemand zu stören schien. Das lag wahrscheinlich daran, dass beinahe das gesamte Dorf finanziell an den Mühlen beteiligt war. Es war quasi vorab Schweigegeld bezahlt worden.

Wir sind bei weitem keine Querulanten oder gar Windkraftgegner, aber wir hatten uns im Vorwege schon intensiv mit der Windkraft auseinandergesetzt, und uns war bewusst, dass es ausschließlich darum ging, damit Geld zu verdienen. Die

Gier der Menschen schien mal wieder vor nichts Halt zu machen, nur war es diesmal unter dem Deckmantel der grünen Energie. Aber so ein Windrad muss schon einige Jahre störungsfrei laufen, damit es den Strom eingebracht hat, der für die Produktion benötigt wurde. Wenn man sich zum Beispiel die Unmengen von Beton im Fundament vorstellt, wobei der Zement extrem Strom aufwendig zu produzieren ist, und seltene Erden wie Neodym werden in den Generatoren benötigt, bei deren Förderung Atommüll entsteht. Der Strom kann nach wie vor nirgendwo gespeichert werden, und es sind bis heute nicht genügend Leitungen da, die den Strom irgendwo hin transportieren könnten. Wir waren nicht gegen erneuerbare Energien, doch bitte mit System und nicht in der Menge und mit der Gewalt, wie es damals hier umgesetzt wurde. Auch ein ausreichender Abstand zu Wohngebäuden, wie es in den meisten anderen Ländern auch üblich ist, muss bestehen. Nur so wäre das Ganze auch wirklich halbwegs sinnvoll gewesen. Jedem müsste klar sein, dass Strom produziert werden muss, aber wenn dann doch am besten auch da, wo er gebraucht wird. Leider interessiert es den Wind nicht, wo gerade wieviel Strom benötigt wird, und so wird, um die entstehenden Stromschwankungen auszugleichen, tatsächlich mehr Kohle verbrannt, als vorher. Denn wenn die Kraftwerke ständig hoch- und runtergefahren werden, verbraucht das mehr Kohle. Man kennt dieses Phänomen vom Autofahren: Wenn man ständig Gas gibt und bremst, verbraucht man auch mehr Benzin. Leider ist das die unbequeme Wahrheit, die kaum jemand wissen will, schon gar nicht die Investoren und Nutznießer.

Im Winter, der dieses Jahr sehr mild ausfiel, mussten wir weiterhin die Sturmschäden im eigenen Garten bereinigen, denn die großen Pappeln lagen noch immer da, wo der Sturm sie hingeworfen hatte. In den Löchern, in denen vorher die Wurzeln gewesen waren, hatten sich regelrechte Teiche gebildet. Für das Zersägen der Bäume brauchte ich sehr lange. Nadine und die Kinder halfen ebenfalls Holz zur Seite zu schaffen und aufzustapeln. Etwas Gutes hatte das ganze ja: Wir hatten für mindestens zwei Jahre Feuerholz. Wir hatten einen Nachbarn, der einen Bagger hatte und natürlich gegen Bares bereit war, uns zu helfen. Wir entschieden uns dafür, auf der Koppel ein Loch zu buddeln, und die ganzen Wurzeln darin zu beerdigen. Wo vorher die Bäume gestanden hatten, entstand nun ein Teich. Den gesamten sandigen Aushub verteilten wir gleichmäßig auf der Koppel und auf den Pferdepaddocks. Es sollte ein tiefer Teich sein, denn er sollte auch im Sommer immer Wasser halten, da die Enten hier demnächst wohnen sollten. Es dauerte nur ein paar Stunden, und wir hatten einen drei Meter tiefen und ungefähr zweihundert Quadratmeter großen Teich angelegt. Ich hatte von einer Baustelle eine Menge Holz übrig und baute daraus in den nächsten Wochen einen Holzzaun um den Teich, damit die Kinder nicht hineinfallen konnten, und damit die Enten später ein größeres Gehege hatten. Endlich war der Garten wieder einigermaßen in Ordnung. Nun musste nur noch das sprichwörtliche Gras über die Sache wachsen, um die schwarzbraunen Flächen wieder zu begrünen.

Mein kleines Boot hatte ich verkauft und mir nun ein Winterprojekt zugelegt. Ich baute ein mittelgroßes Kajütboot um, damit wir es selber benutzen könnten, doch als ich fertig war, verkaufte ich es lieber gewinnbringend, ohne es jemals benutzt zu haben. So ein Boot nimmt auch eine Menge Platz weg, und irgendwie wurde mir klar, dass das Boot bei uns nie wirklich seinen Geldwert verdienen konnte, besonders, weil es in unserer Gegend trotz Meeresnähe kaum Stellen gab, wo man schnell mal ein Boot dieser Größe zu Wasser lassen könnte. Und ich wusste, irgendwann kommt die Zeit wieder, in der Platz und Zeit für ein Boot ist.

Meine neu entdeckte Liebe zu Booten kam nicht von irgendwo, denn ich hatte mit meinen Eltern tolle Segelurlaube in der Türkei, Griechenland und im ehemaligen Jugoslawien verbracht. Ich bin damals immer sehr gerne mit unserem Beiboot durch die verschiedenen Buchten gefahren, in denen wir geankert hatten, habe vom Beiboot aus geangelt oder getaucht und mir die Unterwasserwelt angesehen. Ich würde beim besten Willen nicht sagen, früher war alles besser, denn das stimmt nicht, aber einige Sachen waren doch auffällig: Ich kann mich erinnern, dass in meiner Grundschulzeit so gut wie alle Schüler zumindest in den Sommerferien in den Urlaub fuhren. Wenn man sich heute mal so umhört, können sich das mittlerweile die wenigsten leisten. Gerade nach der Euro-Umstellung, bei der gefühlt jeder Euro nur noch eine Mark wert war, glaubte ich zu sehen, dass viele Leute einfach nicht mehr das hatten, was sie vorher gehabt hatten. Wenn ich später mal im Bekanntenkreis fragte, bestätigten das eigentlich alle. Es war offensichtlich nicht nur so ein Gefühl, sondern es hatte eine Art versteckte Zwangsenteignung am Bürger gegeben. Für uns war das ein klares Signal, unser Geld lieber in reale Dinge wie unser Haus zu stecken. Wir waren sowieso nicht so die Sparkontotypen.

So plante ich lieber unsere neue Outdoor-Küche. Ich fing damit an, sämtliche Büsche, die im Weg waren, auszubuddeln. Dann wurde alles abgeschnürt und ein Fundament geschüttet, um später darauf mauern zu können. Bei der Gelegenheit vergrößerte ich auch gleich unser Gewächshaus und erneuerte die alten Lichtplatten. Die letzte Gewächshausernte war auch wirklich nicht sensationell gewesen, weil einfach zu wenig Licht durch die grünen Lichtplatten gekommen war.

Inzwischen machten wir uns immer mehr Gedanken, was wir eigentlich alles selber produzieren könnten, hatten wir doch mittlerweile schon viele Erfahrungen sammeln können. Am liebsten würden wir ja hundert Prozent Selbstversorger sein, aber dieses Ziel kann man sicher über ein Jahr gesehen kaum erreichen, ohne auf viel zu verzichten. Zeitlich war das sicher irgendwie zu schaffen, da Nadine sich ja weiterhin ausschließlich um die Kinder, die Selbstversorgung sprich Garten, Gewächshaus und Tiere kümmerte. Sie hatte sich bewusst dagegen entschieden, wieder irgendwo auswärts zu arbeiten, nachdem beide Kinder nun im Kindergarten waren, während ich nach wie vor hauptsächlich für das Geldverdienen zuständig war. Nur hatten wir eben bei vielen Dingen gemerkt, dass man doch eher noch draufzahlt, wenn man sie nicht im großen Stil treibt. Für die Schweinehaltung hatten wir damals beispielsweise so viel Futter gekauft, dazu kamen die Kosten für Schlachtung und Stroh, die Arbeit gar nicht mitgerechnet. Glücklicherweise hatten wir keinen Tierarzt gebraucht, sonst hätte es sich finanziell noch weniger gelohnt. Das hieß aber nicht, dass wir es nicht nochmal mit Schweinen probieren wollten, denn die Qualität des Fleisches war natürlich grandios gewesen, aber die Voraussetzungen mussten andere sein. Genauso deprimierte es mich, immer Hühnerfutter dazu zu kaufen. Ein paar mehr Eier zu legen, konnte doch nicht zu viel verlangt sein. Wenn aber die Hühner einfach wochenlang aufhörten, Eier zu legen, tat das schon irgendwie weh, nicht nur finanziell. Leider hatten wir aber nun einmal nicht immer genügend Essensreste oder Abfälle aus dem Gemüsegarten, um die Hühner ausschließlich davon zu ernähren, was viel Geld gespart hätte. Aber einige Sachen muss man eben erst lernen. Dazu gehört leider auch, dass Hühner, wenn man sie anständig hält und nicht durch bestimmte Substanzen zum Legen zwingt, einfach mal eine Pause brauchen. Dass immer alle Hennen gemeinsam Pause machten, schien uns mit dem Gruppenzwang oder der Wetterlage oder beidem zu tun zu haben. Entweder verzichteten wir in der Zeit auf Eier oder kauften welche, denn Selbstversorgung sollte ja nicht immer nur mit Verzicht zu bewältigen sein. Vielmehr lernten wir mit der Zeit, dass einige Sachen einfach gemacht und erlebt werden mussten, damit wir sie kalkulieren konnten. In das richte Verhältnis von Aufwand und Nutzen bei der Selbstversorgung mussten wir weiter hineinwachsen und es auch fortwährend anpassen, denn die Prioritäten änderten sich immer wieder einmal. Auch schien es uns nicht ratsam, tatsächlich alles selber produzieren zu wollen, denn dann bliebe wiederum vom Leben nicht viel übrig, da vor lauter Arbeit keine Freizeit mehr übrigbliebe. Wir taten immer das, was uns gerade am wichtigsten schien und versuchten, uns nicht mit Projekten zu übernehmen. Das war nicht immer ganz einfach, denn die Verlockung, eben doch so viel wie möglich zu machen, wurde immer größer. Es war eine Gradwanderung, und wir mussten stets aufpassen, dass das Gleichgewicht nicht kippte. Das, was wir nicht selber oder nicht in ausreichenden Mengen produzieren konnten, kauften wir in Bioqualität ein, was allerdings wiederum ganz schön ins Geld ging.

Hin und wieder ergaben sich auch Tauschgeschäfte: So tauschten wir beispielsweise unseren Ziegenfrischkäse gegen den Honig von Freunden, oder Überschüsse aus dem Gemüsegarten gegen Äpfel, Apfelsaft oder Eier von den Nachbarn. Einmal tauschten wir sogar unseren Schafbock gegen fünfzig Ballen Heu. Diese Art von Geschäften machten uns immer besonders glücklich.

17

Unverhofft kommt oft - auch im positiven Sinne. Eine Baustelle hatte ich gerade abgeschlossen, als die Bauherrin mich fragte, ob ich ihre alten Mauersteine entsorgen könnte. Das Schöne war, dass ich für unsere Outdoorküche noch keine Mauersteine gekauft hatte. Die Menge passte genau, und so konnte ich anfangen zu mauern. Ich war zwar kein guter Maurer, aber es wurde gerade und sah schön rustikal aus. Die Outdoor-Küche bestand aus Pizza- Steinbackofen, Grill, Räucherofen und Ablagefach, alles rustikal in einer Front, unter einem Dach, wie aus einem Guss. Diesmal hatte ich mich dafür entschieden, den Pizzaofen aus Lehm und nicht aus den teuren Schamottesteinen zu bauen. Nur der Boden sollte aus Schamotte sein. Es war ja schon der zweite Pizzaofen, den ich nun bauen wollte, aber Verbesserungsbedarf gab es immer. Es dauerte mehrere Wochen, bis alles fertig war, da ich auch nicht immer Zeit hatte. Aber es war ein voller Erfolg. Erstmal sah es optisch sehr gut aus, und zweitens funktionierte alles wunderbar, und schon die ersten Pizzen waren sensationell gut. Auch der Räucherofen funktionierte einwandfrei, und die ersten Steaks auf dem selbst geschweißten Edelstahl-Grillrost schmeckten natürlich besonders gut.

Mia und Noah entwickelten sich zu richtigen kleinen Naturburschen. Am glücklichsten waren sie, genau wie wir, wenn sie draußen waren. Ein Stock oder ein Stein oder eine kleine Wasserpfütze konnte sie stundenlang beschäftigen. Von klein auf an hatte Nadine die beiden an die Pferde gewöhnt. Noah saß inzwischen recht sicher im Sattel, und inzwischen hielt sich auch Mia wacker an seinem Rücken fest, wenn sie zu zweit auf Micky ritten, während Nadine ausgedehnte Spaziergänge mit ihnen unternahm. Im Herbst gingen wir gemeinsam Pilze sammeln, und Noah konnte schon bald mit großer Treffsicherheit einen Birkenpilz erkennen und eine Marone von einem Steinpilz unterscheiden. All das fanden wir wundervoll, genauso hatten wir es uns für unsere Kinder gewünscht. Nur die Natur vermissten wir zunehmend, denn um uns herum wurden es immer mehr Windräder, die uns langsam aber sicher eher ein Gefühl von Industriegebiet als vom Leben auf dem Lande vermittelten. Der Wald war vom Sturm gerodet und die ursprüngliche Weite mit Windrädern verbaut worden. Landschaftlich war unsere Umgebung leider in unseren Augen nicht mehr wirklich attraktiv. Das fiel uns natürlich besonders auf, wenn wir, was selten vorkam, mal woanders waren, wo es noch Natur und Wald gab. Dazu die immer intensiver werdende Landwirtschaft um uns herum... Ich kam ins Grübeln, ob dieses Haus, dieser Ort wirklich unser endgültiges Domizil bleiben würde, wie wir es ursprünglich geplant hatten. Andere hätten sich in so einer Situation vielleicht alles schönreden können. Aber wir nicht. Wir wollten Natur. Auch ausreiten, joggen und Fahrrad fahren erschienen uns in so einer Umgebung immer weniger verlockend. Das war einfach nicht mehr das, was wir gekauft hatten. Nadine nahm diese Erkenntnis ziemlich mit, denn gerade sie wollte endlich einmal ankommen. Mich aber zog das Ganze nicht besonders runter, weil ich darin auch neue Chancen sah.

Inzwischen war Noah tatsächlich schon eingeschult worden. Wie doch die Zeit verging! Eben erst war er noch mit seinem Bobbycar durch unser Wohnzimmer gefahren, und nun hatte er sich Geld zusammengespart und wollte sich ein Gokart kaufen wie auch die Nachbarjungs eines hatten. Es sollte so ein Riesen-Gokart sein mit zwei Sitzen hintereinander. Wir fanden ein gebrauchtes Exemplar in der Nähe, und Noah machte eine Probefahrt. „Das nehme ich!" sagte er, und somit war das neue Gefährt gekauft. Mia steuerte auch noch zwanzig Euro aus ihrer Spardose zum Kauf bei, denn der Sozios war ja schließlich für sie gedacht.

Wir spielten erneut mit dem Gedanken, uns wieder Schweine zuzulegen, und wie das bei uns nun mal immer so war, wenn wir mit einem Gedanken spielten, war die Umsetzung in die Tat nicht mehr weit. In der Nähe gab es nämlich gerade so hübsche Bentheimer, ebenfalls eine ältere Sorte wie unsere Angler Sattelschweine, die wir vorher gehabt hatten. Und so kamen die kleinen Schweine zu uns. So kleine Ferkel sind wirklich zum Verlieben. Das Futterproblem löste Nadine mit ihrem Augenaufschlag: Sie fuhr zu einem großen Supermarkt und fragte freundlich, ob sie sich ein bisschen Obst und Gemüse für unsere Tiere aus der Mülltonne nehmen dürfte. Der Chef verneinte erst einmal ganz entschieden, denn das wäre nicht legal. Aber nachdem sie ein wenig mit den Augen gezwinkert und ihn gefragt hatte, ob er es denn moralisch überhaupt vertreten könne, dass Nahrungsmittel weggeworfen würden, sagte er ihr doch noch, wann es sich lohnen würde zu kommen, und dass keiner sie dabei sehen würde. Die nächste Zeit waren wir erschrocken, als wir nun hautnah miterlebten, was alles an Lebensmitteln weggeschmissen wird. Zweimal in der Woche fuhr Nadine abends, wenn es dunkel war, zum „Containern". Die ersten Mal fühlte sie sich recht unbehaglich, fast ein bisschen kriminell, aber dieses Gefühl legte sich schnell, resultierte es doch wieder einmal nur aus anerzogenen Werten und Normen: „Man wühlt nicht im Müll, das ist asozial und eklig!" Eklig war es aber nur ganz selten, denn die meisten weggeworfenen Dinge waren noch fast tadellos. Nicht nur einmal fragten wir uns, warum diese Dinge weggeworfen worden waren. Vor allem Äpfel, Möhren und Bananen, aber auch Kohl, Salate und sogar kiloweise Spargel fischte Nadine aus den Tonnen. Die

Schweine freuten sich, und auch für die Ziegen, Enten und Hühner fiel noch genug ab. All dieses Gemüse wäre für den menschlichen Verzehr noch vollkommen geeignet gewesen. Eigentlich war es ein Skandal, aber wir sagten nichts dazu, konnten wir doch davon profitieren, und geändert hätte es wohl ohnehin nichts. Um die Speisekarte der Schweine noch komplett zu machen, kam Nadine auf die Idee, beim einem Bäcker nach altem Brot zu fragen. Und obwohl auch dies rechtlich wohl eine Grauzone war, bekamen wir ab jetzt zweimal in der Woche eine Lieferung mit alten Brötchen, die ansonsten weggeworfen worden wären. Unter diesen Umständen konnten wir guten Gewissens Schweine halten, ernährten wir sie doch mit vorhandenen Ressourcen, die sonst unnötig entsorgt worden wären. Wir nutzten quasi Abfälle, um daraus neue Lebensmittel zu machen. Das fühlte sich wirklich gut an. Nachhaltig! Und die Schweine gediehen prächtig. Nur einmal wurde es brenzlig. Nadine hatte Avocados „gerettet" und den Schweinen gegeben. Da diese ja Allesfresser sind, wären wir im Traum nicht darauf gekommen, dass sie keine Avocados vertragen. Erst, als das eine Schwein offensichtlich krank war, überlegten wir, was die Ursache sein könnte. Im Internet fand Nadine dann die Erklärung: Avocados sind für Schweine giftig! Natürlich hatte sie ein schlechtes Gewissen, obwohl sie das nun wirklich nicht hatte wissen können. Sie kochte dem Schwein Magen-Darm-Tee, kraulte seine Borsten und massierte ihm den Bauch. Und obwohl wir die Hoffnung schon fast aufgegeben hatten, erholte sich das Schwein und war plötzlich so munter, als wäre nie etwas gewesen. Schwein gehabt!

Die Kinder waren natürlich auch total begeistert, erst von den kleinen süßen Ferkeln, aber auch später von den großen Schweinen. Unsere Kinder sind von Anfang an damit aufgewachsen, dass unsere Tiere - bis auf Hunde, Pferde und Katzen - auch geschlachtet und gegessen werden. Wenn Kinder so groß werden, und man sie langsam und schonend daran heranführt, sehen sie das ganze erstaunlich gelassen und haben auch überhaupt kein Problem, das Fleisch zu essen, selbst, wenn es mal einen Namen hatte. Ganz im Gegenteil: Es schmeckte ihnen immer genau so gut wie uns. Für die Schlachtung der Schweine hatte ich vorgesehen, diese selber durchzuführen. So meldete ich mich kurzerhand zum nächsten Jagdschein-Lehrgang an, der auch kurz darauf startete. Ich wollte vor Jahren schon einen Jagdschein machen, doch es fehlte immer an Zeit oder Geld. Mittlerweile fühlte ich mich auch in der Lage, ein Schwein selber zu töten und dann auch zu schlachten. Der Jagdlehrgang war genau mein Ding! Es machte mir mächtig Spaß, alles über die Jagd zu erfahren. Auch Leuten, die nicht jagen wollen, würde ich einen solchen Lehrgang empfehlen, denn man erfährt sehr viel über die Natur, die Tiere und die Zusammenhänge. Acht Monate sollte der Lehrgang dauern, und ich musste zwei Mal in der Woche zwei Stunden abends dorthin. Am Wochenende waren oftmals noch Exkursionen bei unserem Lehrgangsleiter. In unserer Lehrgangsgruppe waren ungefähr dreißig Leute, die meisten waren, genauso wie ich, von unserem Hauptdozenten sehr begeistert. Dieser machte den Job mittlerweile seit mehr als fünfundzwanzig Jahren und war seiner Aufgabe nie müde geworden. Er vermittelte das Wissen immer noch auf eine witzige, charmante Art, was deutlich zeigte, dass er es immer noch gerne machte. Er war früher Förster gewesen und nun im Ruhestand. Er hatte das Wilde Moor auf einer großen Fläche wieder zu einem Hochmoor renaturiert und leitete dieses Projekt seit über dreißig Jahren. Wenn man einen Jagdschein und eine Jagdgelegenheit hat, braucht man nicht unbedingt selber Schweine zu halten. Man kann im Rahmen der Jagd- und Schonzeiten Wild jagen und Wildfleisch essen. So hatten wir später eine echte Option auf einhundertprozentige Selbstversorgung mit hochwertigem Fleisch, gedeckt durch Wild-, Hühner-, Enten- und Ziegenfleisch. Die ersten jungen Böcke unserer Ziegenzucht waren auch mittlerweile schlachtreif. So fragte ich einen Nachbarn, der auch Jäger war, ob er mir behilflich sein könnte. Er half gerne, und so kamen wir zu unserem ersten eigenen Ziegenbraten. Wir waren positiv überrascht, wie wenig das Fleisch nach Ziege schmeckte. Aus dem meisten Fleisch machten wir

Hackfleisch, und das Zerlegen der Ziege klappte erstaunlich gut. Wir alle mochten das Fleisch, die Milch und den Käse, den Nadine aus der Ziegenmilch machte, sehr gerne. Das war ein riesiger Schritt hin zur Selbstversorgung. Doch wir mussten gerade bei den Ziegen auch große Rückschläge hinnehmen, denn eine merkwürdige Krankheit befiel hin und wieder einige Tiere. Kein Tierarzt und keine Fachliteratur konnte uns sagen, was es war, selbst im Internet fanden wir keine zufriedenstellende Antwort. Doch aufgeben wollten wir trotzdem nicht.

18

Wie jeden Herbst war Treibjagdzeit in Högel, und ich wurde von meinem lieben Freund Johannes als Treiber eingeladen. Johannes wohnte mit seiner Frau im Dorf, war Ende siebzig, und wir waren in vielen Dingen auf einer Wellenlänge. Die anderen Högler Jäger hatten natürlich davon gehört, dass ich gerade dabei war, den Jagdschein zu machen, und ich hatte das Gefühl, dass ich wahrscheinlich ganz gute Chancen haben würde, wenn ich den Jagdschein denn bestehen sollte, in die Högler Jagd aufgenommen zu werden. Die Stimmung auf einer Jagd ist eine ganz besondere. Geschossen wurde auf Hase, Fasan, Ente und Gans. Es kam eine gute Strecke zusammen, und nach einem gemütlichen Essen und reichlich Getränken gewann ich noch einen Hasen.

Gefeiert wurde viel, gern und zu jeder möglichen und unmöglichen Gelegenheit in Högel, das hatten wir schon zu Beginn mitbekommen. Es wurde sozusagen jedes neue Vogelhäuschen offiziell mit Girlande eingeweiht und begossen. Ab und zu kamen auch Johannes und seine Frau Gertraut auf die Idee, ein spontanes Treffen in die Wege zu leiten. Wir freuten uns immer sehr, mit ihnen etwas zu unternehmen. Heike und Marius wohnten gleich gegenüber von Johannes und Gertraut und waren uns auch sehr ans Herz gewachsen. Auch Steven, ein Kunstprofessor aus Karlsruhe und gebürtiger Ire, der einen Hof als Zuflucht auf dem Land kurz vor uns hier in Högel gekauft hatte, war auch oft mit von der Partie. Ich kannte ihn durch Johannes, der mich als Handwerker empfohlen hatte, und ich hatte bei ihm Fliesen gelegt. Es war immer eine schöne Runde, und obwohl Nadine und ich mit Abstand die jüngsten waren, verstanden wir uns alle bestens. Einen bestimmten Grund zum Feiern brauchten wir nicht, wir feierten einfach das Leben und das Beisammensein. Für uns waren diese Abende etwas ganz Besonderes.

Zwischendurch lief es mit der Selbstständigkeit nicht so gut, und ich entschied mich dazu, bei einer nicht allzu weit entfernten Firma im Tiefbau anzuheuern. Ich bekam den Job sofort und konnte auch gleich anfangen. Die ersten drei Wochen saß ich hauptsächlich im Minibagger. Doch dann hatten einige andere Arbeiter wohl das Gefühl, sie müssten mir meine Position abnehmen, und ich sollte doch lieber die Schaufel in die Hand nehmen. Kein Problem, ich hatte sowieso schon die Nase voll vom Baggern und war froh über jede Abwechslung. Das Problem bei dem Job waren die Leute selbst. Der Vorarbeiter fragte mich am ersten Tag stundenlang aus, und irgendetwas hatte ihm an meinen Antworten wohl nicht gepasst, denn danach redete er nur noch über das allernötigste. In der Mittags- und Frühstückspause hüllte er sich in Schweigen und versank in seiner Bildzeitung. Ich fragte mich, ob ich mit solchen Leuten meine Lebenszeit verschwenden wollte, denn auch morgens, wenn alles für den Arbeitstag zusammengepackt wurde, liefen alle gestresst durch die Gegend und waren total unfreundlich. Ich war mir sicher, dass es für mich nur eine Stippvisite sein sollte und kündigte kurzerhand nach zwei Monaten.

Mittlerweile hatten wir unsere Ernährung noch weiter umgestellt. Irgendwie wurde es uns immer klarer, das wohl gewollt schlechte Nahrungsmittel gekauft werden sollten. Man kann pauschal sagen, dass alle Nahrungsmittel, die großartig beworben werden, eigentlich in unseren Augen nicht für den menschlichen Verzehr geeignet sind. Wir haben noch ab und zu unfreiwillig den Selbstversuch gemacht: Wir verzichteten ja nun schon seit längerer Zeit kontinuierlich auf Nahrungsmittel mit Glutamat. Immer, wenn wir nun irgendwo zum Essen eingeladen waren, schlug es bei uns im Magen ein, wie der Tiefschlag eines Profiboxers. Wir mussten dann leider schnell nach Hause und das stille Örtchen aufsuchen, von den Drogenrausch-ähnlichen Gefühlszuständen mal ganz abgesehen. Viele Leute scheinen weder zu wissen, noch zu bemerken, dass ihre gesundheitlichen Probleme wahrscheinlich von solcher Ernährung herrühren. Wir zweifelten auch an, dass die meisten Ärzte dies nicht wüssten und wunderten uns umso mehr, dass es offiziell als nicht wirklich relevant eingestuft wurde. Für uns war der Sinn der Selbstversorgung auch aus diesem Aspekt noch deutlich wichtiger geworden. Es ging nicht mehr nur darum, Geld zu sparen und möglichst unabhängig zu sein, sondern wir wollten einfach selber bestimmen, was wir aßen, wie die Lebensmittel produziert und die Tiere gehalten wurden. Ob es nun etwas teurer und vor allem aufwändiger war, die Lebensmittel selber zu produzieren, als sie im Bioladen zu kaufen, rückte tatsächlich in den Hintergrund. Bei Obst und Gemüse war das zwar eher nicht der Fall, doch bei der Tierhaltung konnte das schnell passieren. Wir kamen uns manchmal vor wie Sektenmitglieder, da wir mit unser Meinung oftmals ganz alleine dastanden. Keinesfalls wollten wir missionieren, aber natürlich ließen wir unsere Mitmenschen diesbezüglich an unseren Gedanken teilhaben. Schön war es, mit lieben Leuten wie Steven über solche Themen zu reden. Er war einer von denen, die sich von so einem Bewusstsein nicht unterkriegen lassen, sondern sich lieber überlegte, wie er sein Wissen seinen Studenten näherbringen konnte, ohne sie zu überfordern. Im Dorf waren wir sowieso schon als die Ober-Ökos verschrien, was wir allerdings eher als eine Art Auszeichnung verstanden. Sowieso war es sehr interessant, was in so einem kleinen Dorf so über einen erzählt wird. Das hatte oftmals etwas von „stille Post". So etwas kannten wir von unserem letzten Domizil nicht, da hatten wir nur eine

Nachbarin gehabt, und die hatte auch keine weiteren Bekannten im Dorf. Aber der Dorftratsch interessierte uns nicht weiter, wir umgaben uns mit Menschen, die wir schätzten und die uns schätzten und respektierten. Schmunzeln mussten wir aber trotzdem häufiger, wenn die Buschtrommeln wieder einmal das neueste Gerücht über uns in Umlauf gebracht hatten.

Mittlerweile hatten wir ein kleines Finanzpolster, so dass auch Auftragsflauten ganz gut abgefedert werden konnten. Trotzdem legte ich es momentan auch nicht auf zu viel Arbeit an, denn im Mai war der Termin für meine Jagdscheinprüfung, und ich lernte viel dafür. Es war für mich eine ganz neue Erfahrung, wieder etwas zu lernen und vor allem etwas, das mich wirklich interessierte. Inzwischen war durchgesickert, dass ich wohl, wenn ich bestehen sollte, in die Högler Jagd aufgenommen werden würde. Am ersten Prüfungstag musste ich als erstes in die Schießprüfung. Die letzten Male beim Übungsschießen waren gut gelaufen, und so machte ich mir wenig Sorgen. Ich war natürlich total aufgeregt, und mir zitterten die Hände. Drei von zehn Tontauben musste ich treffen, und dabei aufpassen, dass ich mich auch sicher in der Handhabung der Waffe zeigte. Die erste Taube traf ich, doch die nächste nicht. Und wieder nicht. Und wieder vorbei. Die fünfte traf ich trotz noch zittriger Hände. Auch die sechste erwischte ich und hatte damit bestanden. Doch das war erst Teil eins. Als nächstes ging es zum Schießen auf die hundert Meter entfernte Zielscheibe. Wir sollten mindestens zwanzig von fünfzig Punkten erreichen. Auch das gelang mir mit achtundvierzig Punkten, obwohl ich ein fremdes Gewehr benutzen musste, mit dem ich vorher noch nie geschossen hatte. Nachmittags ging es dann zur schriftlichen Prüfung. Über zwei Stunden brauchte ich für die Beantwortung der Fragen, aber ich hatte ein gutes Gefühl. Am nächsten Tag war vormittags die letzte mündliche Prüfung. Über eine halbe Stunde wurde man von mehreren Prüfern zu sämtlichen Themen „verhört". Nach einer kurzen Besprechung wurde ich hereingerufen, und mir wurde mitgeteilt, dass ich bestanden hatte. Endlich war ich Jäger, und mir war klar, warum man den Jägerlehrgang auch „das grüne Abitur" nennt. Kurze Zeit später wurde ich bei den Högler Jägern aufgenommen und bekam eine Jagderlaubnis und zwar, wie es hier so üblich war, vorerst auf Raubwild. Trotzdem bekam ich schon vorher einige Stücke Rehwild, wie man in der Jägersprache sagt, von einem Jagdkollegen, der gerne abgab. Inzwischen war ich auch schon einigermaßen geübt im Zerlegen und Verarbeiten von Tieren.

Nun kam der Zeitpunkt, mir ein Gewehr zu kaufen, denn ein Jäger ohne Büchse ist ein nackter Jäger. Unsere Schweine waren mittlerweile über hundert Kilo schwer und sollten meine erste Beute sein. Mit Jagd hatte das zwar nicht viel zu tun, ich hatte jetzt aber eben andere Mittel, und musste niemanden mehr um Hilfe fragen. In Deutschland fällt Hausschlachtung in einen gesetzlichen Graubereich, aber da ja alles für unseren Eigenverbrauch bestimmt war, sollte es diesbezüglich keine Probleme geben. Trotzdem fanden wir es irgendwie befremdlich, das eben eigene Tierhaltung, Schlachtung und Verwertung offensichtlich nicht gerne gesehen ist. Eigentlich sollte so etwas doch sogar gefördert werden. Aber nein, der brave Deutsche soll gefälligst sein konventionelles Eisbein mit Sauerkraut essen und sich bitteschön keine Gedanken über Massentierhaltung machen. Und außerdem soll er froh sein, dass der Krieg vorbei ist, und es genug zu essen gibt. Im Grunde ist ja etwas Wahres daran, aber nur, weil man in der glücklichen Lage ist, sich aussuchen zu können, was man essen möchte, bedeutet das noch lange nicht, sich über seine Ernährung keine Gedanken machen zu müssen. Als ich jedenfalls anfing, unsere Schweine zu zerlegen, fiel mir auf, dass sie eine auffallend dicke Fettschicht hatten, obwohl wir uns doch dieses Mal bewusst gegen die Fütterung von Mastfutter entschieden hatten, gerade eben aus diesem Grund, damit die Schweine eben nicht so verfetteten. Sie hatten ausschließlich Obst und Gemüse bekommen. Und Brötchen. Wie konnten sie derartig fett geworden sein?

Als hätte das Schicksal unsere Frage beantworten wollen, fiel Nadine ein Buch über Weizen in die Hände. Wie immer neugierig, wenn es um Ernährung ging, begann sie es zu lesen und staunte nicht schlecht. Weizen mache nicht nur dick, sondern auch krank und dumm, stand da. Der heutige Weizen habe mit dem Urweizen nichts mehr zu tun, denn er sei in den letzten 60 Jahren derartig weitergezüchtet worden, um seine Anzucht zu erleichtern und seine Backeigenschaften zu verbessern. Der Weizen, wie wir ihn täglich zu uns nahmen, sei nicht einmal getestet worden, ob er in dieser Form überhaupt noch als Tierfutter oder für die menschliche Ernährung geeignet sei. Natürlich seien durch diese Weiterentwicklung vorerst unzählige Menschenleben gerettet worden, weil damit Hungernöte verhindert worden waren. In den Mengen, die aber beinahe jeder Mensch heute selbst mit der immer wieder propagierten „gesunden Mischkost" zu sich nehmen würde, stelle er eine Bedrohung nicht nur für die gute Figur, sondern in erheblichem Maße auch für die Gesundheit dar. Eine weizenfreie Ernährung wäre laut des Buches der Schlüssel zur Lösung vieler gesundheitlicher Probleme. Als Nadine mir davon erzählte, bekam ich erst einmal schlechte Laune. Zwar war ich überzeugt, davon, dass es richtig war, sich gesund zu ernähren, darum hatten wir ja auch schon so viele Dinge geändert, aber auf den Genuss von Frühstücksbrötchen, selbstgemachter Pizza oder Bio-Burgern wollte ich beileibe nicht auch noch verzichten. Murrend setzte ich mich an den Computer und wollte selber einmal nachlesen, ob an dieser Geschichte etwas dran war. So ein Buch konnte ja jeder schreiben und einfach behaupten, wonach ihm der Sinn stand. Nach zwei Stunden Recherche machte ich seufzend den Computer aus. Es stimmte tatsächlich. Weizen war total ungesund, in jeder Form, selbst als Vollkorn. Warum wussten wir nichts davon? Warum hatte uns das nie einer gesagt? Warum bildete selbst in sämtlichen Büchern über gesunde Ernährung Vollkornweizen die Basis von allem? Irgendwas konnte doch daran nicht stimmen. Aber dann fielen mir die fetten Schweine wieder ein, die ja „nur Brötchen" gefressen hatten. Und auch wir hatten, wenn wir ehrlich waren, hier und da einige Kilos zu viel auf den Rippen. Also ließen wir es drauf ankommen, eigentlich wollten wir nur das Gegenteil beweisen, und strichen von einem Tag auf den anderen Weizen in jeder Form von unseren Tellern. Als uns nun in den kommenden Wochen und Monaten die Pfunde nur so von den Hüften purzelten und sich auch gesundheitlich einiges veränderte, waren wir überzeugt. Weizen wollten wir nie wieder essen. Wir ersetzten den Weizen statt dessen durch Dinkel, was geschmacklich eher eine Bereicherung war.

19

Da wir so gerne Pilze sammelten und vor allem aßen, hatten wir mal wieder eine neue Selbstversorger-Idee, um auch außerhalb der doch recht kurzen Saison Pilze genießen zu können. Also bestellte ich im Internet mehrere Pilzzuchtsets, je einmal Champignons, Kräuterseitlinge, Shiitake Pilze und Braunkappen. Die Champignons kamen zuchtbereit in einem Karton. Man musste lediglich die Erde über das Substrat geben und den Karton richtig temperiert aufstellen. Dann dauerte es einige Tage, bis sich die ersten kleinen Pilze zeigten. Nach zwei Wochen konnten wir die ersten Pilze ernten, und wir hatten noch nie so leckere frische Champignons gegessen. Angeblich sollten es drei Erntewellen sein, aber leider kam nach ungefähr zwei Kilo nichts mehr nach. Die Kräuterseitlinge sollten auf Strohballen gezüchtet werden, das funktionierte aber auch nicht so gut, wie es in der Beschreibung stand. Es kamen nur ein paar, die allerdings köstlich waren, danach wuchsen nur alle möglichen anderen Pilze darauf. Offensichtlich konnte man sehr viel verkehrt machen, und man musste sich mehr als genau an die Anleitungen halten. Die anderen Pilzsorten, die ich auf Baumstämme pflanzte, kamen leider erst gar nicht. Ich wollte es sicher irgendwann noch mal probieren und dann alles besser machen, denn generell ist es eine tolle Sache, seine eigenen Speisepilze zu züchten.

Inzwischen hatte ich angefangen, im Stall einen richtigen, zwanzig Quadratmeter großen Raum zu einem Schlachtraum auszubauen. Ich hatte mir günstig und gebraucht einen Schlachttisch, einen Kühlschrank und anderes Zubehör gekauft. Der große Getränkekühlschrank wurde mit einer Haltestange aus Edelstahl bestückt, und so passten sogar zwei Rehe nebeneinander hinein. Fleisch muss immer abhängen, soviel Erfahrung hatten wir mittlerweile auch, und im Jagdlehrgang hatte ich auch einiges über die Wichtigkeit der Fleischreife gelernt. Je nach Größe des Tieres muss das Fleisch idealer Weise bei vier Grad einige Tage abhängen. Selbst Geflügel ließen wir nun immer einen Tag reifen. Geschmacklich machte das einen riesen Unterschied.

Wie jeden Frühling und Sommer waren wir wieder einmal intensiv bemüht, unsere Selbstversorgung weiter voranzutreiben. Das Gemüsebeet wurde weiter vergrößert, und wir pflanzten so viele Kartoffeln an, dass es für das ganze Jahr reichen sollte. Auch Rote Beete, Rotkohl, Grünkohl und Kürbis, Zucchini und Erbsen, Bohnen, Salat, Möhren und anderes Gemüse bauten wir in noch größeren Mengen an. Ziel war es natürlich, vieles einzukochen oder einzufrieren oder eben so optimal wie möglich zu lagern. Diesen Sommer erntete Nadine mit den Kindern über fünfzig Kilo Erdbeeren. Einige Kilo verkaufte sie sogar an Nachbarn und Freunde, die sich wiederum freuten, so günstig frische Bioerdbeeren zu bekommen. Nur der Kohl wurde nach wie vor von den Raupen und Schnecken gefressen. Da halfen auch keine Netze. Wir hatten das Gefühl, dass unser Hof für diese kleinen Biester eine Art Oase darstellen musste, da er wie eine Insel inmitten von intensivst genutzter Landwirtschaftsfläche lag. Das war auch so ein Thema, das sich nahtlos in die Reihe von Fragen einfügte, die wir uns stellten: Warum noch immer so viele Menschen konventionelle Nahrungsmittel kauften. Offensichtlich schienen die meisten gar nicht darüber nachzudenken, woher ihr Essen kam. Hauptsache, es war billig. Doch wir wollten niemanden verurteilen, denn es war ja noch nicht so lange her, dass wir genauso eingekauft hatten, eben aus dem gleichen Grund: Es sollte günstig sein und schmecken. Woher es kam, darüber hatten auch wir uns jahrelang keine Gedanken gemacht. Doch bei vielen Menschen war es eben auch so, dass sie am Essen sparten, nur damit sie sich jedes Jahr das neueste Handy oder andere Konsumgüter leisten konnten. Und genau so schien es gewollt zu sein. Wir wollten jedenfalls schon lange nicht mehr bei dem Zirkus mitmachen, auch wenn wir uns noch nicht ganz aus der Manege verziehen konnten.

Unsere Enten hatten ordentlich gebrütet: Die eine führte nun zwölf und die andere elf Küken. Es war ein tolles Gewusel, und irgendwie war es fast meditativ, ihnen beim Fressen und Mücken fangen zuzugucken. Aber es wurde langsam zu eng in dem Gehege, und so entschieden wir uns, die beiden Mütter mit ihren Küken in das Gehege beim neuen Teich zu bringen. Es war gar nicht so einfach, die ganzen Enten von A nach B zu treiben, doch die Kinder halfen gut mit, und so dauerte es nicht lange. Die Enten wahren natürlich total begeistert von dem großen Teich. Sie waren bis dato nur eine große Badewanne gewohnt gewesen. Leider waren schon einige der Küken von den Rabenkrähen geholt worden. Diese hatten eine gute Taktik, wenn sie zu zweit auf den Birken am Entengehege saßen und auf den perfekten Moment warteten. Eine flog dann runter und lenkte die Entenmama ab, und die andere stürzte sich auf eines der Küken und holte es aus dem Gehege. Danach teilten sie sich den Gewinn. Leider hatten die Gauner Schonzeit. Nadine baute eine Vogelscheuche, was zumindest eine Zeit lang half.

Auch diesen Sommer zog es Noah und mich wieder nach Dänemark zum Angeln. Als wir in Deutschland losfuhren, war es das perfekte Wetter zum Makrelenangeln. Leider war es etwas nebelig, als wir in Dänemark ankamen, und so hundertprozentig verzog sich der Nebel auch nicht. Da Makrelen keine Schwimmblase haben, weil sie mit den Thunfischen verwandt sind, kann man sie nicht als Schwarm auf dem Echolot sehen, und somit musste der Kapitän des kleinen Kutters mit dem Fernglas nach Möwen Ausschau halten. Denn Möwen sind da, wo Krill im Wasser ist, und da sind auch kleine Fische und meistens auch die Makrelen, die diese fressen. Ich sagte zu Noah, dass wir bei der Wetterlage lieber kleinere Haken benutzen sollten, da die Fische sicher nicht so hungrig sind. Neben mir und Noah war ein älteres Ehepaar, das ebenfalls sein Glück versuchen wollte. Als wir anfingen zu angeln und Noah die erste Makrele des Tages auf den Kutter zog, sagten unsere Nachbarn: „Na, du hast ja ein Glück, der Kleinste an Bord fängt den ersten Fisch!" Noah war stolz, und so ging es auch weiter. Er fing einen Fisch nach dem anderen. Waren die anderen Angler zuerst überrascht und lobend auf ihn zugegangen, sprach ihn nach der zehnten Makrele keiner mehr an. Das war wohl zu viel Erfolg für ein Kind, vor allem, da die anderen wesentlich schlechter fingen. Noah hatte mehr Makrelen gefangen als die gesamten restlichen fünfzehn Angler. Das war bis dato sein größter Angelerfolg. Und er war natürlich unglaublich stolz.

Schnell wurde es wieder Herbst, und in Nordfriesland ist das Wetter zu dieser Jahreszeit meist kalt, windig und nass. Oftmals glaubten wir, dass wir da wohl am besten in der Karibik aufgehoben wären, denn an einigen Tagen wurde es gar nicht erst richtig hell. Die Sonne sahen wir oft tagelang

nicht. Aber natürlich war das Wetter nicht immer schlecht, und der Herbst hatte natürlich auch seine guten Seiten: Erstens das Pilzesammeln, das meist bei kühlerem und nassem Wetter schon Ende August losging, und nun auch die Jagd, denn das meiste Wild wird im Herbst gejagt. Netterweise nahmen mich einige von den anderen Jägern unserer Jagdgemeinschaft mit zum Jagen, denn alleine durfte ich ja bisher nur dem Raubwild nachstellen. So aber konnte ich im ersten Herbst schon fünfzehn Enten strecken. Nie vergessen werde ich die erste Ente, den ersten Hasen und auch nicht den ersten Fuchs, den ich geschossen habe. Auch die Pilzsaison war wieder grandios, und unsere gesamte Familie machte sich mit Körben und Messern bewaffnet begeistert auf die Suche. Mia war inzwischen vier geworden und stolperte nicht mehr über jeden Stock im Wald (oder was vom Wald noch übrig war). Nadine und ich hatten schon immer Pilze gesammelt, und wir hatten es ausschließlich auf Maronen und Steinpilze abgesehen. Maronen fanden wir eigentlich immer genug, doch Steinpilze waren uns natürlich lieber. Steinpilze wachsen immer an denselben Stellen, jedes Jahr wieder, und so hatten wir inzwischen mehrere gute Steinpilzstellen ausgemacht, die offensichtlich keiner außer uns kannte. So ernteten wir diesen Herbst nach und nach sicher fünfzehn Kilo Steinpilze.
Die Ziegen wurden wieder bockig, aber inzwischen hatten wir auch einen eigenen Zuchtbock.

Die merkwürdige Krankheit, die manche Ziegen manchmal überkam, konnten wir uns eigentlich nur dadurch erklären, dass unsere Böden durch die jahrzehntelange immer intensivere Bewirtschaftung derartig ausgelaugt waren, das sich kaum noch Mineralien im Gras befanden. Auch waren wir uns nicht sicher, ob ein Zusammenhang mit dem Infraschall der Windräder bestand. Vielleicht war es auch ein Gemisch aus beidem. Die Ziegen waren nun alle tragend, und wir rechneten damit, Anfang nächsten Jahres insgesamt sicher neun bis zehn Ziegen zu haben. Wir hatten noch ein Stück Wiese neben unserem Grundstück dazu gepachtet, so dass wir nun etwa zwei Hektar Land zur Verfügung hatten. Auf einer Teilfläche hatten wir ungefähr zweihundert Ballen Heu gemacht. Da wir inzwischen auch noch drei trächtige Ostfriesische Milchschafe plus Bock unser Eigen nannten, war das natürlich viel zu wenig, doch wir konnten bei den Nachbarn etwas dazu kaufen. Natürlich kamen wir in diesem Zusammenhang wieder einmal auf den Kosten-Nutzen-Faktor zu sprechen, denn ein richtiger Selbstversorgerhof dürfte eigentlich kein Futter dazu kaufen müssen. Aber die Pferde brauchten ja auch Heu. Zwischenzeitlich überlegte Nadine tatsächlich, die Pferde abzuschaffen, da sie ohnehin viel zu selten zum Reiten kam, und diese im Sinne der Selbstversorgung eigentlich eine unnötige Belastung darstellten. Bei näherer Überlegung brachte sie es dann aber doch nicht übers Herz, denn die

Pferde hinterm Haus waren ja im Grunde immer die eigentliche Motivation für sie gewesen, einen Resthof haben zu wollen. Die Selbstversorgung war ja erst viel später hinzugekommen. Und so entschied Nadine, dass wir eben in den sauren Apfel beißen müssten, was bedeutete: Futter zukaufen!

Weihnachten stand vor der Tür, und wir konnten ein leckeres hundertprozentiges Selbstversorger-Weihnachtsmenü zubereiten. Vorsichtshalber machten wir eine Generalprobe eine Woche vor Heiligabend. Es gab Ente mit Kartoffeln und Sauce, dazu Rotkohl, Bohnen und Rote Beete. Es schmeckte einfach unvergleichlich traumhaft!
Die Schafe lammten erstaunlich früh, aber die Lämmer waren klein und schwach. Vielleicht lag es daran, dass die Muttertiere im Winter auf der nassen Koppel Moderhinke bekommen hatten, was auch sie geschwächt hatte. Leider schafften wir es nur, ein schwarzes Bocklamm durchzubringen, die anderen Lämmer schafften es nicht, obwohl wir sie jeden Morgen um sechs Uhr und dann alle paar Stunden mit der Flasche fütterten. Das war ein herber Rückschlag für uns, und Nadine war am Boden zerstört. Wir sahen ein, dass wir vielleicht eher Ziegenmenschen waren und beschlossen, dass es für alle Beteiligten das Beste wäre, wenn die Schafe zu einem Schafsmenschen kämen. Mit den Ziegenlämmern klappte es besser, die Geburten verliefen leicht und alle waren

munter. Einige Ziegen vermittelten wir später in gute Hände, wo sie weiterleben durften. Wir wollten vorerst keine Ziegen mehr schlachten, das war uns schon immer schwergefallen, auch, wenn das Fleisch vorzüglich schmeckte. Zudem entschieden wir uns auch, einige Muttertiere zu vermitteln. Es wurde einfach alles zu viel, die Arbeit, die Futterkosten und in diesem Winter zum ersten Mal auch hohe Tierarztkosten durch die Probleme mit den Schafen. Unser Fleischbedarf sank, denn wir wollten nicht mehr so viel Fleisch essen. Außerdem hatten wir genug Fleisch von Wildtieren, Enten und Hühnern zur Verfügung. Die letzte Geflügelschlachtung war sehr ergiebig gewesen. Darum hatte ich sogar extra eine Geflügelrupfmaschine gekauft, sonst dauerte das Rupfen einfach zu lange. In den letzten Monaten war uns die Arbeit an einigen Stellen über den Kopf gewachsen. Es konnte nicht sein, dass wir 365 Tage im Jahr, 24 Stunden am Tag einsatzbereit sein mussten. Wir mussten unseren persönlichen Aufwand verringern und die Arbeitsabläufe effektiver machen, die Kosten mussten gesenkt werden, und am Ende musste wieder mehr Freizeit übrigbleiben. In diesem Winter war das empfindliche Gleichgewicht zwischen Aufwand und Nutzen auf jeden Fall gekippt, und wir mussten etwas ändern, damit wir nicht den Spaß an unserer Selbstversorgung verlieren würden.

20

Manchmal fragten wir uns schon, ob das alles seine Richtigkeit hatte, denn die Zeit schien irgendwie an uns vorbei zu laufen. Jeder schien plötzlich nur noch auf sein Handy zu starren, und das Bild der Evolutionstheorie kam mir häufiger in den Sinn. Allerdings hatte der Mensch, der sich aus dem auf allen Vieren laufenden Affen entwickelt hatte, jetzt ein Handy in der Hand und entwickelte sich, leicht vorne übergebeugt nach unten starrend, langsam wieder zu einem Primaten zurück. Ich war froh, wenn ich keine SMS beantworten musste und konnte den Hype um Facebook und Whatsapp nur schwer nachvollziehen. Vielmehr machte es mich nach wie vor glücklich, wenn plötzlich ein Gewitter aufzog und sich die Wolken zu imponierenden Türmen aufbauten. Das war echt, und es passierte direkt hier vor unserer Haustür. In diesem Sommer würden wir sogar alle zusammen einen Tornado sehen. Wer nicht wie wir eine Leidenschaft für das Wetter hat, wird diese faszinierenden Naturgewalten vielleicht niemals sehen. So ist das wahrscheinlich mit vielen Dingen: Wenn man für etwas bestimmtes eine Leidenschaft entwickelt, kann man auch viel leichter bestimmte Dinge entdecken, weil das Interesse viel schneller geweckt ist.

Auch das Gefühl, dass einem ständig Dinge vorgesetzt wurden, die man gar nicht hören, lesen oder sehen möchte, bildeten wir uns nicht ein. Inzwischen hatten wir sogar den Fernseher verbannt, hatten wir doch die letzte Zeit sowieso nur noch ausgesuchte Filme über das Internet gesehen. Viele Menschen meinen, sie wären nicht informiert, wenn sie keine Zeitung lesen, oder sie könnten nicht mitreden, wenn sie den letzten Tatort nicht gesehen haben. Wir waren froh, dass es uns nicht so ging. Wir setzten bewusst auf den Verzicht von Massenmedien. Wenn auf der Welt etwas Wichtiges passierte, würden wir es schon erfahren. Außerdem war das normale Fernsehprogramm, bis auf eine Hand voll Dokus, absolut nicht mehr mit unseren Ansichten konform. Man könnte uns nun als weltfremd bezeichnen oder behaupten, wir würden versuchen, der Realität zu entfliehen. Aber für uns war es genau anders herum: Für uns lebten die anderen Menschen vor ihren Handys und Bildschirmen in einer digitalen Scheinwelt. Wir wollten das „echte" Leben, uns unser Bild von der Welt selber machen und es uns nicht durch die Massenmedien diktieren lassen. Nach allem, was wir bisher gelernt hatten, war es jedenfalls so, dass uns die Medien meistens wie eine Massenverblödungswaffe vorkamen. Daran hatten wir schlichtweg kein Interesse mehr und fühlten uns somit von dieser Seite her für immer informiert genug. In dieser schnellen Zeit, wo eine Mail die andere jagt und das Handy daueraktiv ist, wird es sicher für einige Menschen schwierig sein, neue Leidenschaften zu entwickeln. Wir waren froh noch in einer Zeit ohne Handy und Computer groß geworden zu sein. Natürlich kann ein Computer ein tolles Hilfsmittel sein, doch zunehmend mehr Menschen werden von Computerspielen und Spielkonsolen abhängig. Auch die Hemmschwelle der Eltern mancher Mitschüler aus Noahs Klasse schien diesbezüglich deutlich geringer als unsere zu sein. Immerhin ist es ja so herrlich einfach und praktisch, seine Kinder hinter der Konsole sich selbst zu überlassen. In neuesten Forschungen wurde kürzlich sogar eine neue Krankheit entdeckt, bei der sich offenbar das Gehirn von Kindern durch übermäßiges Computerspielen zurückbilden kann. Diese Sorgen hatten wir wenigstens nicht, denn während andere Kinder vor dem Bildschirm geparkt wurden und lernten, in einer Scheinwelt zu leben, lernten unsere Kinder, wie man Gemüse aussät, Feuer macht oder Fische ausnimmt. Wir haben schon immer dem echten Leben den Vorrang gegeben.

Im Februar hatte unsere Hündin Luzie eine heiße Affäre mit einem kleinen Münsterländer, und im April bekam sie sieben süße kleine Welpen. Alle waren putzmunter und hatten die Geburt gut überstanden. Sie waren rabenschwarz, nur die Pfoten und die Schwanzspitzen waren weiß. Einige hatten noch weiße Abzeichen an der Brust. Es war eine allerliebste, aber arbeitsintensive Rasselbande. Nadine und die Kinder wollten unbedingt einen Welpen behalten, aber wir hatten ja gerade beschlossen, dass wir etwas abrüsten wollten, was die Tierhaltung anbetraf. Die Welpen wurden uns quasi aus den Händen gerissen, so groß war die Nachfrage. Das Gute daran war, dass wir dadurch die Wahl hatten, wem wir unsere Welpen anvertrauen wollten, und so fanden wir für alle ein schönes Zuhause bei netten Menschen.

Auch dieses Jahr wollten viele Kunden wieder einen Friesenwall haben. Trotzdem wollte ich unbedingt in diesen Sommer einmal einen Urlaub in Schweden machen. Nachdem ich wieder einmal hunderte von Metern Steinwälle aufgesetzt hatte, beschloss ich, dass ich und wir uns nun einen Familienurlaub verdient hätten. Noch nie waren wir in den 16 Jahren, die wir zusammen waren, im Urlaub gewesen. Immer hatte etwas im Weg gestanden, nie hatte sich jemand gefunden, der unsere Tiere hätte versorgen können. Doch dieses Mal musste es einfach klappen! Ich buchte für August eine kleine Hütte am See, doch bis dahin war es noch etwas hin. Ich hatte wirklich eine Baustelle nach der anderen. Wir kauften ein neues Auto, denn das alte war für die weite Fahrt wirklich nicht mehr geeignet, und unsere Nachbarn erklärten sich bereit, auf unsere Tiere aufzupassen. Schon häufiger hatten sie von sich aus angeboten, bei uns einzuhüten, damit wir mit den

Kindern mal für ein paar Tage wegfahren könnten.

Endlich war es soweit, und wir fuhren tatsächlich in den Urlaub. Ich hatte mir ausgerechnet, dass wir ungefähr drei bis vier Stunden bis zur schwedischen Grenze brauchen würden. Das Auto war gepackt, und alles war organisiert. Leider konnten wir nur für fünf Tage weg, mehr wollten wir den Nachbarn nicht zumuten, aber es war trotzdem ein tolles Gefühl, einfach mal aus dem gewohnten Trott auszubrechen. Sogar Selbstversorger brauchen mal Urlaub! Schweden war besser, als ich es mir vorgestellt hatte: Klare Seen und Flüsse soweit das Auge reichte, überall dichte grüne Wälder und so viel Natur, dass wir aus dem Staunen gar nicht mehr herauskamen. Unser Ferienhaus lag direkt an einem See, was unsere Anglerherzen höher schlagen ließ. Hier schienen außerdem fast alle Menschen auf dem Land zu wohnen, es schien als wäre es hier normal, dass fast jeder einen Gemüsegarten und Hühner und Pferde hinterm Haus hielt. Die meisten Häuser und Höfe standen in Alleinlage und hatten einen eigenen Brunnen. Scheinbar fast jedes Haus besaß ein Stück Wald und einen Holzofen. Das war echte Unabhängigkeit! Was uns aber am meisten beeindruckte, war die Tatsache, dass es nur wenige landwirtschaftliche Flächen gab, sie offensichtlich intensiv bewirtschaftet wurden. Die meisten Wiesen sahen aus, als hätten sie noch nie einen

Güllewagen oder Kunstdünger gesehen. Ja, hier standen sogar noch die Kühe draußen auf den Weiden! Und es gab kaum Windräder. Natürlich sahen wir ein paar vereinzelte Exemplare hier und dort, aber dagegen war ja auch absolut nichts einzuwenden. Ansonsten fuhren wir kilometerlang durch die größtenteils unberührte Natur, und diese schien uns mit offenen Armen willkommen zu heißen. Und so kam es, wie es kommen musste: Wir verliebten uns! In unseren Köpfen und vor allem in unseren Herzen eröffneten sich neue Welten. Es schien tatsächlich einen Ort zu geben, der unseren Ansprüchen an Natur und Lebensweise gerecht werden könnte. Für uns waren diese Erkenntnisse ganz klar ein Ansporn für neue Wege, denn uns wurde beim Anblick von all dieser offensichtlichen Freiheit klar, dass wir bei weitem noch nicht unabhängig genug waren.

Ende November fuhren Nadine und ich noch einmal alleine nach Schweden. Die Kinder machten solange Urlaub bei den Omas, die Nachbarn schauten noch einmal nach den Tieren. Wir wollten uns einige Ferienhäuser ansehen, da wir uns entschlossen hatten, eines zu kaufen. Nachdem wir einige Häuser angesehen hatten, kamen nur zwei in die engere Auswahl. Aber eigentlich hatten wir die Entscheidung schon getroffen. Wieder zurück in Deutschland entschieden wir uns für die kleine rote Holzhütte mitten auf einer Lichtung im Wald. Dieses zauberhafte Häuschen hatte uns mit seinem Charme sofort in den Bann gezogen. Wie es so da stand in diesem verwunschen wirkenden Wald erinnerte es uns an das Haus von Schneewittchen und den sieben Zwergen. Obwohl, oder vielleicht gerade weil es weder einen Strom- noch einen Wasseranschluss hatte, waren wir sicher: Das wird unser Ferienhaus. Auch ein Badezimmer gab es nicht, keine Dusche und keine richtige Toilette, nur ein Plumpsklo draußen in einem kleinen Holzschuppen. Gekocht wurde auf einer alten Küchenhexe. Wir konnten es kaum erwarten, die Hütte nach unseren Bedürfnissen umzugestalten. So viele Ideen hatten wir, und so viele neue Optionen ergaben sich nun für uns. Hier konnten wir – zumindest auf Zeit – mitten in der Natur, fernab der Zivilisation das einfache Leben proben. Aber das ist eine andere Geschichte.

Epilog

Jeder hat andere Voraussetzungen, was die eigenen Ressourcen, den Raum oder vielleicht auch die Akzeptanz der Nachbarn oder sogar Familienmitglieder betrifft. Aber die meisten Menschen, die anfangen Kartoffeln oder Erdbeeren selber anzubauen, probieren erst mal aus, wie es klappt und wie es schmeckt - und wie viel Arbeit es macht. Deshalb ist das erste Selbstversorger-Projekt sicherlich das wichtigste. Wer dann Erfolg hat und das Projekt nicht vernachlässigt, ist schon auf einem guten Weg. Die wenigsten, die mit dem Gedanken spielen, sich in einem gewissen Rahmen selbst zu versorgen, werden wohl über die Jahre ausschließlich nur an Selbstversorgung denken, das haben wir auch nicht. Doch umso mehr man sich damit beschäftigt, desto mehr verändert es auch das gesamte Leben und sämtliche Entscheidungen. Eigentlich ist es ja auch etwas ganz Natürliches und Ursprüngliches, und in den meisten Fällen macht es unheimlich glücklich und zufrieden. Alles bekommt einen tieferen Sinn. Aber auch Rückschläge muss man hinnehmen können, zumal diese ja auch einen lehrenden Effekt haben können. Doch in den heutigen Zeiten gilt man schnell als „spinnert" oder wird als Freak abgestempelt, obwohl nichts falsches daran sein kann, sich auf alte Werte zu besinnen. Aber daran sollte sich keiner stören. Auch wir haben uns daran gewöhnt, von unserem Umfeld als „irgendwie anders" oder zumindest als „ein bisschen sonderbar" bezeichnet zu werden. Faszinierend finden es dennoch die meisten, was wir so machen. Für uns war die Zielsetzung „Selbstversorgung" die einzig vernünftige. Dass einige Menschen aufgrund ihres Berufes, ihrer Erziehung oder ihrer Wohnsituation nicht die Möglichkeiten haben, diesen Weg zu gehen, und dass viele Menschen aus ihrer Superkonsumwelt auch gar nicht wegwollen, ist nachvollziehbar, einen Lebensstil wie unseren aber pauschal zu verurteilen oder zu belächeln, nicht. Vor einigen Jahren hätten wir selber noch nicht damit gerechnet, dass unser Weg uns immer weiter führt in diese bestimmte Richtung.

Die alte Weisheit, wonach der Weg das Ziel ist, ist ebenso abgenutzt wie wahr. Wir sind einen weiten Weg gegangen, am Ziel sind wir sicher noch nicht. Auf diesem Weg haben wir unendlich viel gelernt, aus unseren Erfolgen, aber vor allem auch aus unseren Misserfolgen und Fehlern. Wir haben viel über uns gelernt, über uns selbst und über den anderen aber auch über unsere Mitmenschen und das Leben. Es war nicht immer einfach, der Weg war oft holprig und voller Steine. Trotzdem haben wir nie aufgegeben, immer ging es irgendwie weiter. Wenn einer von uns einen schlechten Tag hatte, hat der andere ihn wiederaufgebaut und mit der nächsten Idee für das nächste verrückte Projekt wieder mitgerissen.

Wie oft wir dabei nicht einer Meinung waren, wie oft wir uns gestritten und diskutiert haben, bis uns die Luft ausging, kann ich nicht mehr zählen. Aber immer war es unser gemeinsamer Weg. Wir können und wollen nicht mehr zurück, dafür sind wir zu weit gegangen. Uns ist in all den Jahren zu vieles klargeworden, als dass wir je wieder ein „normales" Leben führen könnten oder wollten. Wir werden weitergehen. Mal sehen, wohin unser gemeinsamer Weg uns noch führen wird. Wir wissen es nicht, aber wir lassen uns gerne weiterhin von uns selbst überraschen!

Weitere Informationen, Tipps und Bilder finden Sie auf unserer Homepage:

www.dieselbstversorgerfamilie.com